文庫改訂版

あの金で何が買えたか

史上最大のむだづかい'91〜'01

村上 龍

角川文庫 11952

10000 YEN
NIPPON GINKO
BANQUE de FRANCE
IN GOD

contents

2001年、株価・地価の下落に伴って再び金融危機が話題に上るようになった。2000年下半期からデフレ傾向が続き、担保価値が下がり、株式の含み益が減少して、銀行の不良債権問題が再燃したのだ。不良債権はブラックホールのようなもので、一般企業がどれだけ利益を上げても、日本経済全体が活性化しない。まったく利益の上がっていない実質破綻企業が延命させられているからだ。しかも、たとえば長銀は、破綻直前に実施された検査で、債務超過3400億円と指摘されたが、結局穴埋めのために3兆5880億円の公的資金が使われている。日債銀も債務超過2747億円と指摘されていたが、国有化時点での債務超過額は3兆466億円だった。どういうことかというと、不良債権の正確な額が、その銀行が破綻するまで不明なのだ。

不良債権という言葉はいつ頃から一般的になったのだろうか。もちろんバブルが崩壊したあとからだ。どうしてそれまでは不良債権という言葉が一般的ではなかったのか。それまで日本の銀行には不良債権がほとんどなかったからだ。銀行は、事業収益による審査ではなく、おもに土地を担保に融資していて、戦後一貫して地価は上昇を続けていた。資本主義では事業収益による審査を基に融資するのが常識だが、日本はそうではなかった。したがって、地価が下がり始めても銀行は融資回収の基準がわからなかったと指摘する専門家もいる。

そもそも60兆円もの公的資金が使われながら、どうして再び金融危機が懸念されるのだろうか。不良債権問題は山を越えた、と何度わたしたちは当局者から聞かされたことだろう。民間銀行が巨額の税金を注入されながら、さらに危機を訴え、しかも誰も責任をとろうとしない。巨額の税金を注入されて危機を回避しながら、二年後にも同じ問題を抱える銀行の経営者はどういう神経をしているのだろうか。彼らはこの二年間、いったい何をしていたのだろうか。銀行の再編統合があるたびに、記者発表の演壇でにこやかに握手を交わしていたが、あの笑顔は何だったのだろうか。銀行経営のプロとして恥ずかしくないのだろうか。

しかし、不良債権問題が再燃すれば、企業の倒産も増えるが、債務超過に陥る銀行も出るだろう。そのとき、再び金融システム不安が叫ばれ、公的資金の注入が必要だということになるのかも知れない。また、景気浮揚という名目の従来型の国と地方の公共事業も減る気配はない。わたしたち国民に必要なのは、政府や銀行を批判することだけではない。今の日本は、あたかも高度成長期のような所得の再分配を続けているということを知るべきだ。

財政赤字が膨れ上がっているのは、歳入の増加がないのに、昔と同じような支出を続けているからだ。充分な成長があれば、所得が拡大した分、パイの分け前をほとんどすべての層に分配することができる。パイは増えていないのにその分配の方法を続けると借金がかさむのは当然のことだ。パイの大きさが変わらないとき、その分配はゼロサムとなる。つまり、ある層が多くパイを受け取れば、他の層はパイの分け前が減るのだ。

政府は分配の優先順位を決定し、それを国民に示さなければならない。まずわたしたちが知るべきなのは、国民すべてにほぼ等しく富が分配される時代が終わったということだ。国民すべてに同等のパイの分け前を配るだけの資金力が、もう日本の政府にはない。それなのに、政治家は、「国民のみなさんのために」と平気でわたしたちを一括りにして演説する。彼らが、国民のどの層の利益を代表しているかも、わたしたちは知らなければならない。

知るということは二年前よりもさらに重要性を増している。子どものような批判を繰り返すだけでは、権力の側に危機感を抱かせることはできない。

村上　龍

この絵本のヒントとなったのは、ある新聞の経済欄だった。九八年の三月、その日の経済欄では、故・山一證券の簿外債務の発覚とその額がトップ記事だった。金額は約二千三百億円である。そして、そのすぐ下に、ロールスロイス社の売却の記事があった。ロールスロイス社がＢＭＷ社に七百五十億円で売却か？（結局そのあと売却先が替わりＶＷ社が九百五十億円ほどで買った）というものだった。

ロールスロイスは超高級車だが、七百五十億円というのはもちろんロールスロイス一台の値段ではない。ロールスロイス社を、その社屋や工場や研究・開発施設、さまざまなパテントやノウハウを含めた諸権利、技術者や熟練労働者、販売網や顧客リスト、それにブランドイメージを含めてすべて手に入れることができるわけだ。その売却額が一千億に満たなかった。山一證券の簿外債務の二千三百億という数字はいったい何なのだろう、と思ったのである。

金融機関・企業の不良債権や債務の額は、それがあまりにも巨大なので、いったいどのくらいのものなのかイメージできなかった。また、そういう巨大な数字に麻痺している自分に気づいたのだった。

たとえば住専の不良債権の額と、その額で買えるものを単純に比較することには批判もあると思う。実際にそれだけのキャッシュが発生して日本中を巡りそのあとドブに捨てられたというわけではなく、資産価値の急激な上昇と急落が起こったために貸付金が焦げ付いた、というのがほとんどの不良債権の正体だからだ。つまりバブル時に発生したキャッシュフローはほんの僅かで、創造された信用・資産価値がバランスシート上で増減した（「減」のほうは誰もが知っているが、「増」のほうはいったいどうなったのだろう？）だけなのだ。
　だが、その不良債権を抱える金融機関を救済するために投入された公的資金は、明らかな実体を持ったものだ。その借金をどの世代がいつ払うことになるのかも示されていないが、「わたしたちの税負担」となる可能性を孕んでいる。その金は、他に回せば確実に何かを買える交換価値を持つものだ。また、バブル時の株・土地の資産価値の高騰は、そのあとに新しい経済格差を発生させたという指摘もある。
　バブル経済は八十年代末の日本だけに起こったものではない。だがその結果生じた不良債権の処理の仕方は、非常に日本的であった。また、公的資金の導入は個別の各銀行を救済するというよりも、銀行の「仲介機能」「信用創造機能」を救済するためだったというアナウンスもなかった。本来は刑事罰に問われる人物もほとんど罰せられていない。
　現在、カジノ経済と言われる金融市場の資金の流れは実物経済を大きく凌いでいる。今、一日の外国為替の取引額は約一兆数千億ドル。円で言うと、それは約二百兆ということになり、日本のＧＤＰの約半分だ。一方、実物経済である貿易取引は、一日約一千億ドルと言われていて、コンピュータ通信でヴァーチャル化した金融市場は取引きされるマネーの量だけで見ると、実物経済の約千五百倍の規模に達しているということになる。
　しかし、そういった状況をただ嘆いていてもしょうがない。グローバルな金融市場は今や「現実」であって、それを単に忌み嫌ったり、嫌悪を煽ったりしても意味がない。この絵本は過去や現状を嘆き悲しむためのものではなく、わたしたち一人一人が「経済の主体」であるという認識を持つために企画したものだ。もちろんその認識は容易ではない。たかだか十年前と比べても、金融・経済はわたしたちの想像を絶して複雑化しているからだ。

不良債権の処理についてお話を伺ったコンサルタントの方とは、わたしが発行しているメールマガジンであるジャパンメールメディア（http：// jmm.cogen.co.jp/）で知り合った。自分は不良債権の発生から処理まで関わっているので何か役に立てるのではないか、というインターネット上でのわたし宛の「投稿」がきっかけだった。開放系のネットワークでそういう風に情報を共有することはこれからますます重要になるはずだ。

もっとも大切なのは、「知る」ということである。どこまでわかっていて、どこがわかっていないのかを、知ること。

バブルの崩壊から始まったこの大不況は、わたしたちが自分の国や自分自身、それに世界の現状を考えるいい機会となった。日本的システムの歴史的成立過程について、または日本的システムが本当に確固たる特殊性を持つのかという検証なども含めて、さまざまな学者や論客やシンクタンクによる検討が始まっている。

「日本的」システムに限らず、あらゆるシステムは完全ではない。ある有力な個人や組織を潰してしまえばシステムそのものが潰れてしまうというアンフェアな理由で巨悪が生き延びてしまう場合も多い。巨悪とは、政治家や銀行家や経営者や官僚個人の場合もあるし、システムの部分や全体を意味する場合もある。共通しているのは既得権益を持ち、旧来のシステムに庇護されているという点だ。だが、ヒステリックに駄々をこねているだけ、という印象しかないこの国のメディアは、結果的にカタルシスだけを提供し、巨悪に対する冷静で社会科学的な追及を逆に疎外している。

もし、巨悪が存在するとして、彼らがもっと困ることは何だろうか？　知識人が新聞に批判記事を書くよりも、数万の大衆が国会前でデモをするよりも、大衆が真実を「知ること」のほうが彼らにとってはやっかいだと思う。具体的に、実感として、何かを「知る」と、わたしたちはそのことについて考え始める。

金融・経済を巡る問題は文化にとっても看過できないものだ。言うまでもなく経済活動がその人間の精神を形作る。能力主義、規制緩和、競争社会、自己責任、グローバリゼーション、マーケットメカニズム、そして金融ビッグバン、といった目新しく刺激的な言葉の群れが、その概念や日本社会への適合性を徹底的に問われることなく、一人歩きを始めている。それらの言葉が意味するものは少し前までは単なる手段だったはずなのに、今や目的化しているようにも見える。これはわたし自身の自戒を含めてのことだが、そういった新しい経済概念が新しい価値観を生み、時代の閉塞を破るのではないかという短絡的で危険な文化的期待も今の日本には充ちている。現在の日本を被う停滞感と閉塞感は、すでに世界市場に組み込まれているにもかかわらず、国内市場がその実感を常に排除していることに拠る。

繰り返すが、とりあえず何よりも大事なのは、「知る」ことだ。そして、得た知識を、トップダウン型ではない開放系のネットワークで共有すること。

この絵本は「知る」ためのものである。十億円という金はいったいどのくらいの価値があるのか。十億円あれば何が買えるのか。百億円、一千億円、一兆円、十兆円、百兆円だったらどうか。毎日毎晩新聞で目にし、ニュースで読み上げられるそういった数字を、ある程度イメージできるようにという目的でこの絵本は制作された。

村上　龍

対　談
村上 龍×竹中平蔵（慶應義塾大学教授・経済評論家）

増殖する不良債権

村上　この絵本が出てから2年がたちましたが、最近再び新聞紙上などで不良債権の問題がクローズアップされています。2年前にはちょうど金融三法が成立し、金融システムの不安をなくすためという目的で60兆円という、ほとんど国家予算なみの金額が用意されました。そのうちおよそ20兆円が公的資金として銀行に注入されたわけですが、当時はこれで不良債権の処理は全部済ませるというニュアンスで語られていたと思います。

ところが今になって、不良債権はまだまだあるという。もちろんそこには地価や株価が下がり、デフレ傾向が続いているという事情があるのでしょうが、僕は国にしろ銀行の経営者にしろ、そういうリスクがあることは常に考えておくべきだと思うんです。ところが今不良債権について報じる新聞などを読んでも、2年前の60兆円はいったい何だったのかということが書かれていない。国や銀行経営者の責任についても触れられていません。

竹中　まず不良債権の問題については、そのメカニズムというものを、記事を書かれている新聞記者の方もほとんどわかっておられないということがあると思います。この問題に限らず、この数年間のジャーナリズムの論議をひと言でいうならば、必ず問題を矮小化する。いい例が95年の住専で、新聞記事のキーワード検索を使うと面白いことがわかります。95年の末にわずか6850億円の公的資金の投入が決まって大騒ぎになるわけですが、この年の新聞記事を検索してみても、「不良債権」とか「バランスシート」という言葉がほとんど出てこないんです。ところが「住専」で検索するとものすごい数の項目が出てくる。つまりあれは住専の問題として議論していただけで、不良債権を処理し、バランスシート調整をするためには何が必要なのかということについては、実は何も議論されてないのです。その意味では今回も同じことが起きたのだと思います。

バランスシート調整に関しては、例えば2年前のあの時点ですべて損出しをしてしまえば、あの金額で済んだと思います。ところが2年間、先延ばしをしてきた。この間に自民党はペイオフの延期を決めますが、これはもっとゆっくりやれということです。後回しにすれば不良債権が増えるのは当たり前の話です。景気が良くなれば不良債権処理は楽になるというような言い方をされることがありますが、これも間違いです。95年、96年と日本経済は3％台の成長をしているのですが、高い成長をしているときでも不良債権は増え続けていますから。不良債権というのは一気に償却して損出しをしてしまわない限り必ず残るし、かつ時間とともに悪い部分はどんどん悪くなっていくものです。だから早くやってしまおうということは我々も言ってきたし、当初そういう意気込みはあったと思います。でも結局そんなことをしたら企業が潰れてしまう、だから先延ばししようという声が大きくなって、2年たってまた慌てふためいているわけです。

村上　公的資金の注入の方法として、銀行の優先株や劣後債を税金で買うというやり方がとられましたが、これはある意味では国民が銀行の株主になったようなものですよね。

竹中　その通りです。

村上　そうだとすると、あれだけのお金を注入してもらいながら、不良債権の処理はできなかったし、利益も上がってない、株価も下がっているということに対して、国民は経営者の責任についてもっと声をあげてもいいと思うんです。合併発表の席で、壇上で手をつないでニコニコしている銀行経営者の姿を見ていると、なぜ責任もとらないでニコニコしているんだろうと思ってしまいます。
竹中　彼らの言い分を矮小化して伝えると、もっともらしいところがあります。それは「不良債権をつくったときの頭取は私ではない。私は当時一課長にすぎなかった。それが順繰りで、他にやる人もいないから、お前がやれと言われて頭取になった。辞めろと言われたら辞めるけれども、それでは私が課長だったときに係長だった人が頭取になればいいんですか」というものです。その意味で私がやはり重要だと思うのは、不良債権ができる過程で不正な融資がたくさん行われていたのだから、その処罰を徹底的にやるということです。「悪いことをしたらああなる」というある種の見せしめをつくることにより、次の経営者がしっかりする。それが一番いい方法だと思うのですが、日本はそれをやりませんでした。
　私は「罪を憎んで人を憎まず」というのは変な言葉だと思うのです。やったことは悪いけれども、徹底的に罰することはしない。アメリカでは貯蓄組合の融資が不良債権化したとき、徹底的に不正を暴き、2000人から3000人の経営者が実刑を受けました。実際に牢に入ったのです。これに関して少し技術的なことを言うと、当時のアメリカの整理信託公社、いわば中坊公平さんがやられていた住管機構のようなところが調べた事実というのは、警察に持っていったらそのまま証拠に採用されたのです。そうすることによって、罰則の決定を早めることができました。日本の場合は警察は警察で証拠調べをしなければいけないから、やはり調査が進まないのです。

金融機関は何をしてきたか

村上　そのことも確かに重要ですが、例えばカルロス・ゴーンを見ていると、再生プラン発表のときに「これだけのことをやる」と示し、達成できなかった場合は辞任するとはっきり意思表示をするわけです。僕は、カルロス・ゴーンと日本の銀行の経営者を比べるべきだと思うのです。実際もしこれだけ株価が下がれば、アメリカのＣＥＯなら交代させられていますよね。

竹中　そうでしょうね。現時点では銀行の株自体は危機的なところまで下がっているわけではないのですが、これがある一定以上に極端に下がったときとか、あるいは公的資金を入れるにあたっては再生計画というのを立てているのだから、それが実現されなかったときには、これは辞めてもらわなければならない。これは実行してもらわなければ困るし、私はある程度はなされると思っています。大手の銀行に関しては、確かにまだ不満は残るもののそれでもまだきちんとやっていると思うのです。ところがわからないのが中小、地方の金融機関です。これがどういう形で問題として出てくるか、今年ぐらいからはっきりしてきます。その不安があるからやはり株価が下がるのです。

村上　今後問題となるのは、大手行より中小、地方の金融機関のほうなのでしょうか。

竹中　融資量からいえば大手の占める割合のほうが高いわけですから、金額的には小さいと思うのです。そうであればなおのこと、今まで何を検査してきたのだということになるのですが、地方の金融機関をチェックしていたのはこれまでは都道府県でした。それが２年前、ようやく金融庁がチェックできるシステムになったのです。都道府県の検査というのは、わかる人がいませんから、本当に形ばかりのものだったと思います。その意味では一番大事なガバナンスが抜け落ちていた。それでわからないことの不気味さを今皆が感じているのだと思いますが、私は金額的には乗り切れると思っています。
村上　大手に関しては不良債権はだいたい把握できているのでしょうか。
竹中　ある程度把握できていると思います。
村上　少し不安があるのは、長銀にしても日債銀にしても、それまで言われてきた債務の額が、破綻後に整理をすると何倍にも膨らんでいることです。企業についても、もし銀行が本気になって不良債権を回収しようとしたとき、蓋を開けてみたら目を剥くような金額になっていたということもあり得ると思うのです。
竹中　あり得ますね。だからこそ早く返してもらわなければならないのです。象徴的な話があるのですが、かつて長銀が債務超過ぎりぎりぐらいだと言われていた時期がありましたよね。もしこれが本当であったら、そのとき長銀は資本価値がゼロなのだから、タダで買えるということを意味します。タダで長銀の頭取になれるわけだから、悪い話ではありません。本来であれば世界中から買いたいという人が来るはずです。でも誰も買いたいとは言わなかった。どういうことかといえば、世界中の人が、債務超過ぎりぎりという話はインチキだと思っていたということです。これは別の意味でも大きな問題です。
村上　外から見ると不気味に見えると思うし、外国資本導入の必要があるときに、「何かを隠していそうな国で商売するのはちょっとやめておこう」となったら損ですよね。
竹中　すでに間違いなくそうなっています。世界からは非常にうさん臭い国だと思われているし、そのことは国民も肌で感じている。「役人の言うことは何かうさん臭い」と思っていると思います。何かうさん臭いという言葉がぴったり来るような社会になってしまったという気がするんです。経済政策が目指すものというのはある意味では非常にシンプルで、皆が日本に住みたいと思うようにすることなのです。ビル・ゲイツが東京に住みたいと思えるような国にすることだし、つまりは国民のひとりひとりが「いい国だ」と思えるようにすることです。

実はこのところふたつショッキングなことが続きました。ひとつは韓国の専門家から、通貨危機のときに政府関係者の間で「日本の轍は踏むな」というのが合言葉になっていたという話を聞いたことです。だからアメリカからの強引とも思えるグローバライゼーションを受け入れていったわけです。もうひとつは大学に中国人の30代の留学生がいるのですが、彼女の周囲では、自分の子供を中国に帰して教育を受けさせているそうなんです。こんな国で教育を受けさせるわけにはいかない、というのです。

先延ばしの構図

村上　不良債権の話に戻りますが、「公的資金を入れてもらいながら、なぜ行員の給料はあんなに高いんだ」という批判もあります。銀行のリストラはどの程度進んでいるのでしょうか。

竹中　私は銀行はもっと給与ベースを明らかにすればいいと思います。というのも、銀行の給与は意外なほど下がっているのです。その意味ではリストラには真面目に取り組んでいる面もあります。例えばある都市銀行では雇用保証が49歳までになっています。49歳になって一定のポジションに行かない人は全員外に出されています。むしろ気になるのはそのやり方でいいのかどうかということです。一律に出してしまっては、有能な人まで出ていってしまうことになりますから。

村上　よくアメリカの銀行などでは、一部の人は歩合制で巨額の報酬を得たり、ストックオプションを与えられたりする一方、支店の窓口でお金を数えている行員は年収２万ドル程度だという話を聞きます。
竹中　テラーという窓口の人の報酬はレジのキャッシャーと同じだと言われますね。ただ人件費の総額を比べてみると、日本の大手の銀行がアメリカの大手の銀行より高いということはないんです。むしろアメリカのほうが少し高いぐらいです。それでは何が違うのかというと、日本の銀行はアメリカの銀行の一・五倍の資産を運用しているのです。ものすごい量の貸付をしているのに、利益は三分の一しか出ていない。何をしているのかというと、儲からないところにお金を出しているのです。日本の銀行の弱点は資産の運用効率が悪いということに尽きると言ってもいいほどです。それを儲かるようにするためには、儲からないところを切るということになります。みずほ銀行の貸付規模は140兆円だと言われていますが、例えばこれを90兆円ぐらいにしなければならない。ところがこれをやろうとすると、今度は貸し渋りだという社会的批判を浴びることになります。
村上　僕は銀行も、不良債権の抜本的な処理をしたいと思っているのではないかと思うのです。不良債権が残っていればバランスシートは悪いままだし、利益は出ないし、株価もそれによって左右される。資本主義にのっとれば早く処理したほうがいいに決まっているものを、なぜ10年間も処理できなかったのでしょう。
竹中　理由は複数あると思います。まず少なくとも97年ぐらいまで処理しなかった理由は、日本の金融が、いみじくも村上さんがおっしゃったような資本主義にのっとってなかったからです。政府が護送船団のバックについていて、絶対に潰れないと思っていた。潰れないものであれば、厳しく不良債権を処理したり、貸し金を引き揚げたりするよりも、人間関係を円滑に保って楽しくやっていったほうがいい。その意味ではモラルハザードがあったと思います。

ところがそれ以降になると、そのやり方では国際的に生き残っていけないことがすでにはっきりしていました。三井と住友が一緒になるなどというのは、やはり本当に尻に火がついたことの証明だと思います。つまり資本主義になったのです。にもかかわらず不良債権の償却がなかなか進まないのは、ふたつの要因があると思います。ひとつはクビを切れないということです。先ほどリストラは進んでいる面があると言いましたが、この点では手がつけられていません。これは日本の労働慣行に起因する問題で、クビにして裁判になれば、これまでの判例からするとおそらく負けます。日本の社会がそういう価値観を持って動いているという問題です。もうひとつは極端に貸し金を引き揚げることに対して、貸し渋りというような批判をされ続けてきて、銀行はそのバランスを取らざるを得ない状況に追い込まれているということです。

村上　最近の報道などでは、不良債権を間接償却ではなく直接償却で処理すべきだという議論も行われています。

竹中　それは冒頭に述べた問題の矮小化そのもので、ああいう報道をされても国民は何もわからないと思います。基本的に直接償却か間接償却かというのは大した問題ではありません。10億円を貸していた相手から１億円しか返ってこないときには、９億円の損出しをしなければなりません。その損出しの仕方として、引当金を積むのか、直接償却するのかということは単なる会計上の問題です。重要なのは、１億円が返ってくるのだったら、とにかく返してもらえということです。それによって相手が潰れてしまうことになるかもしれないけれど返してもらう。そうするとその１億円は新しい企業に融資ができるし、そこからはちゃんと利回りも稼げる。それで経済が良くなるのです。返してもらったら、結果的には直接償却することになるのですが、本当に重要なのは回収をすることです。このすり換えが議論を歪めていると思います。
村上　そういう中で今後不良債権の抜本的な処理は進むとお考えですか。
竹中　私もすごく不満はあるのです。不満はあるのだけれども、いくつかの制約があることは認めた上で、あと２年か３年で何とか格好がつくところにこぎ着けられる状況まで、日本経済は来ていると思います。私がよく言うのは、今求められているのは、最後のひと山を越える決意だということです。それが政治にも求められているし、企業経営者にも求められている。もちろん国民にも求められています。

そして1000兆円が使われた

村上　不良債権というのはバブルの後に出てきた問題ですが、もうひとつ、この10年の間に、本来もう少し考えれば他に使いようがあったお金が、無駄に使われたのかもしれないという問題があって、もしそうであれば、そのことはやはり歴史にとどめなければならないと思います。お金の使い途ということでいうと、ひとつの指標となるのが国家予算だと思うのですが、竹中さんは2001年度の予算をどう評価されていますか。
竹中　日本人は一見たくさんの貯蓄を持っているので、この10年はまさに湯水のごとく使ってきたわけですが、もうそんな余裕はないだろうということは皆感づいていると思います。それを配分しているのが政治なのですが、私は日本の政策ははっきりしていると思います。政策なんてないのです。あるのは日々の行政です。日々の行政を、何課はこの橋が欲しい、何局はこのトンネルが欲しいといって積み上げていって、「こんな予算になりました」というのが日本の国家予算です。これまではそれを政策と呼んできたのです。本来求められているのは、政治が大きな判断をして、大枠を決めて、トップダウンでやっていくことなのですが、今年度の予算に関していうならば完全に積み上げです。これはやはり政治の責任です。

村上　例えば高度成長時代の日本のように年間10%もの経済の成長があれば、ほとんどすべての層、すべての国民にパイを配分できた。ところが低成長になりゼロサムの時代になると、どこに優先的に配分するかということが問題になってきます。国家予算というのはそのプライオリティーがどこに置かれているかがわかる最高の目安だと思うのですが、どうもそれが見えない気がするのです。

竹中　腹立たしい話ですが、それがないのです。あえていうと、だから2001年の１月６日に中央省庁の再編をやったということになります。私が森政権に一番不満を感じるのは、このチャンスをまったく無にしてしまったということです。22の省庁が13になるのは、数合わせのような話ですから大したことではありません。ただそれと同時に、政治のリーダーシップを発揮できるように、総理の権限を強化するためのいくつかの仕組みをつくりました。これはやはり日本の歴史に残るひとつの改革だったのです。

日々の行政の積み上げをやっているのは役人です。だから政治の力を強くしなければならない。ところがこれまで総理大臣の周囲には役人しかいなかったんです。そこで15の大きなポストについて役人ではなくて政治家が任命をする、つまりポリティカル・アポインティーにするというシステムになりました。では誰が任命されたかというと官僚なんです。ポリティカル・アポインティーはゼロです。あるいは総理補佐官を５名置けるようになりました。これも本来は大きなことなんです。ところが強力な総理補佐官を置いたかというと、これも実態はゼロです。何もしなかった。経済財政諮問会議という、まさに予算の枠組みを決める非常に重要な会議もつくり、そこには民間からも4人が入っています。私は大変いい人選だと思うのですが、何が問題かというと、これがパートタイムの仕事なんです。これは絶対フルタイムでないとできない仕事です。しかもそこに日本で一番忙しい財界人を入れている。これを演出したのはうるさいことを言われると困る役人たちです。そういう意味では残念だけれども何も変わっていない。このまま行けば来年度もこんな予算になると思います。

村上　僕はそこに悪意はないという気はするのですが、どれだけ巨額のお金が無駄に使われているか、それがいかにもったいないことかというのを、できるだけ多くの人が知ったほうがいいと思うんです。

竹中　私もそう思います。90年代に入って、日本は景気対策で1000兆円を使っています。以前森ビルの森社長が、東京にある建物を全部建て直したらいくらかかるかを計算してみると、東京の総床面積にアークヒルズを建築したときの単価を掛けたら750兆円になったそうです。つまり1000兆円というのは、東京とたぶん横浜の建物をすべて建て直せるぐらいの金額なのです。荒唐無稽に聞こえるかもしれませんが、大手銀行の担保の価値を決めているのは東京の土地です。世界で競争し、伍していける産業がどこにあるかというと、やはり東京にあるんです。だからお金を地方にばらまくのではなく、東京を徹底的に強くするということはやらなければいけないことだと思います。

でもバランスシートが悪いときに追加経済対策をやっても、経済が良くならないことは理論的にわかっているのです。私は無駄に使ったのは政治だと思いますが、一方で、やはり同時にそれを求めたのは国民だというのも事実だと思います。景気対策というのは雨乞いのようなものだと思うんです。国民は天に向かって「何かよくわからないけど景気はよくなって」と雨乞いをした。それを聞いた政治家はばらまいた。それが90年代の1000兆円なんです。

村上　国民が求めたというのはよくわかります。例えば自民党というのは旧い体質の権化のように言われていますが、その体質というのは結構フラクタルで、ひとりひとりの心の中にあるような気がします。改革派と守旧派があるとすると、たぶん僕の中にもふたつがあって、日常生活の中でもどちらかが出てくる。ただ政治家が「国民のために」というときの国民という言葉は、１億2700万人の国民全部を指しているわけではありませんね。亀井静香のいう国民というのは、やはり地方の人のことだと思います。そこにはやはり一種のごまかしがある。

竹中　亀井さんというのはある意味でとても正直な人なんだと思います。彼にとっての国民というのは、自分に一票投じてくれる人であり、顔が見えない、選挙に来るかどうかもわからないような都会の人は、彼にとっては国民ではない。

村上　守旧派と言われる中でも、あの人のポピュリズムははっきりしているから、わかりやすいですね。

竹中　非常にはっきりしています。間違っているだけです。

村上　もちろん間違っているというのは害は大きいですけどね。

竹中　自民党的なものがひとりひとりの中にあるというのはその通りだと思うのですが、その心の中をあえて分解していくと、やはり多くの人が勘違いをしていて、「今の制度は間違っている。矛盾に満ちている。しかし私はその中で受益者だ」と思っているんです。サラリーマンがその典型です。「このままでは会社ももちそうにない。何とかしなければならないと思う。しかし自分はこれまで会社にずいぶん尽くしてきたのだし、ようやく今の地位に就くことができた。まあ自分が会社にいる間はこのままでいてほしい」というのは、受益者の論理です。

村上　既得権益を持つ人の言葉ですね。

竹中　ええ、皆が自分は既得権益を持っていると思っているんです。でもこれは明らかに論理的に矛盾しています。マジョリティーが受益者であるようなシステムなどあり得ない。得をしているように見えても、やはり損をしているのです。

「日本の奇跡」との訣別

村上　ただまだ少数派なのかもしれないけれど、地方にも、もうこんなところに道路やダムをつくっても結局は損になるのではないかという人が出てきました。あえてポジティブに見ると、これだけお金をどう使うべきか真剣に考える人が現れたというのは、日本の歴史の中で初めてではないかと思うのです。

竹中　そうでしょうね。それはやはり一種の学習効果だと思います。ただその学習にちょっと時間がかかりすぎているのが残念ですが。

村上　僕は高度成長のことをよく考えるのですが、豊かになろうと必死に努力しているときは、豊かになった後にどんな問題が起きるのかを、なかなかイメージできないと思うのです。その高度成長が終わってからすでに30年がたつわけで、ずいぶん長い時間をかけて回り道をしてきたのも確かですが、全体として見れば当時に比べて良くなっていることのほうがはるかに多いと思うんです。確かにこの10年間は何となく自信を喪失してしまったところがあると思いますが、全体としては良くなっているということを前提にして、地道にやるべきことをやっていけば、そう悲観的になることはないと思うのです。考えてみればこれだけ首相が無能呼ばわりされていて、とりあえず運営されている先進国はないですから。

竹中　その意味では本当に大した国だと思います。日本が持っているいわゆるリソースが大変なものだということに対しては、我々はもっと自信を持つべきだと思います。例えば株価が下がったといっても、アメリカのファンドマネジャーに聞くと、次は日本にいつ買って入ろうかと虎視眈々と狙っている。底値を打つのを今か今かと待っているのです。ドル資産から別の通貨に乗り換えなければならないとなれば、やはりその対象は円なんです。我々はこれまで右肩上がりの経済であまり苦労がなかったゆえに、そのリソースを徹底的に無駄遣いしてきたわけです。それがご指摘の不良債権であり、無駄な公共事業です。でもそれだけの無駄遣いをやりながら、国民はまだこれだけの生活をしている。これはやはり大した国だと言わざるを得ません。

村上　楽観はできないけれど、ポテンシャルはあるということですね。

竹中　そうです。だから今必要なのは、コーシャスなオプティミズムなのではないかと思います。そのときに国民にくみ取ってほしいメッセージというのは、やはりこれまで我々が生きてきたのは異常な時代だったということです。これだけ資源のない国に１億2700万人がいて、これだけ短期間のうちにここまで高い生活水準を実現した例は、世界史にないわけです。一種の奇跡なのです。ちょうど100年前の日本と比べてみると、人口はおよそ３倍になっています。当時のＧＤＰ（国内総生産）は推計するしかありませんが、結論からいうとこれは11万倍です。物価の上昇はどうかというと、だいたい3500倍です。そうやって計算をすると、我々の豊かさというのはざっと35倍になったことになります。現在月に35万円で暮らしている人に１万円を渡して、そこから税金も家賃も食費も払っていたのが100年前の我々の生活です。そういう意味ではこの間の日本人の努力がもたらした豊かさというのは、やはり奇跡なんです。

しかし現在においてより重要なのは、奇跡の経験をあまりあてにするなというメッセージのほうだと思います。人間は高齢になればなるほど「自分の経験に基づけば」ということを言うようになります。人間というのはなかなか原体験から離れられないものです。ただし我々の原体験というのは異常な時代の経験だった。これからは普通の時代になるのだから、むしろ過去の経験に過度に頼らないほうがいいのかもしれない。そこはやはりもっとシンプルなロジックで、企業経営とはどうあるべきか、資本主義とはどうあるべきか、民主主義とはどうあるべきかということを考えていくことが大切になってくると思います。

村上　世界史的に例がない奇跡でも、それはやはり勤勉な国民と創意工夫がなければできないことだろうから、静かに誇ってもいいと思うんです。ただその成功体験が、こうして豊かになった後も役立つと考えてはいけないということですね。

竹中　その通りです。

経済を語るメディアの責任

村上　高度成長のころまではフィットしていたシステムが、ことごとく内外の変化に対応できなくなっているということは、メディアにも当てはまると思うのです。例えば公共事業というのは、70年代の途中あたりから、社会的なインフラを整備するというより、景気浮揚の意味合いが強くなってきたと思うのです。だから公共事業そのものが最初から悪だったわけではない。正確に言えばインフラをつくる場合には必要だけれども、今はもう要らないのだから、そのお金を使わないほうがいい、あるいは別のことに使ったほうがいいということだと思います。ところがそういう転換を促すような論理を、メディアの側も持ち得ていないように見えます。
竹中　あえて少し乱暴に総括してしまうと、やはりキャッチアップの時代というのは、何をやったらいいかが簡単にわかったのでしょう。だから複雑な社会としての意志決定をする必要もなかった。つまり徹底的に資源を集中して行政だけをやっていればよかったわけです。それでは政治は何をやっていたかというと、日本が共産主義にならないような安定化工作をやっていればよかった。政策が要らないのですから、これは簡単な仕事です。そのときのマスコミの役割というのは、政治と行政が行き過ぎないように、部分的なチェックをやっていればよかったのです。それはひとつのシステムとして機能していた。
　それでは何が変わったかというと、やはり慎重に議論して政策の優先順位をつけなければならなくなったということです。ところがシステムは昔のままです。そこを変えなければいけないという一点に尽きると思うのです。そういう意味ではやはりまずある程度政治が主導権を取らなければいけないし、その政治家が正しいかどうかを、我々が知識を得て、選挙を通してチェックしていかなければならない。
村上　人々の経済に関する知識が急に増えるというのは難しいと思いますが、例えば10兆円あればどんなことができるかということをイメージできる人が増えれば、それだけ騙すこともできなくなると思うんです。
竹中　アメリカやイギリスを見ていると、経済学の社会教育というのが確立した分野として存在しています。日本ではやはり右肩上がりの成長が続いてきた中で、知識さえ持っていれば経済に対する基本的な目というのは持たないで済んできたところがあります。それが普通の国になると、経済の社会教育が必要になってきた。ところがその専門家がいるかといえば、私の周囲を見てもいないのです。そういう時期にこういう絵本が出たというのは、やはり象徴的だと思います。それに関連して申し上げたいのは、現代の社会の問題というのはやはり複雑で多様ですから、ハウツーものではだめなんです。円高になったらどうしたらいいかというようなハウツーものは、日本人はそれこそ江戸時代から読んでいるそうです。ところが今日起こっている円高と3年前に起きた円高はまったく違う。そのときの経済情勢は違うし、アメリカや中国の態度も違うからです。だから過去のハウツーで考えたら必ず間違えます。この点も今のマスコミの問題のひとつです。それでは何が重要かというと、結局は自分で考えるということです。これはやはり我々の社会の試練でもあると思います。

村上　そもそもこの絵本をつくろうという発想を得たのは、新聞に、ロールスロイス社の売却の記事と山一証券の簿外債務の額に関する記事が並んで出ていたからでした。そういう金額を見比べて、「おかしいぞ」と思う人は少しずつ増えてきていると思います。あるいは僕はテレビでニュースを見ていても「このコストを負担しているのは誰だろう」ということがすごく気になるんです。例えばトキが生まれたときに、中国から専門家が来たけれども、その人の運賃は誰が払うのだろうかということです。誰がコストを払っているかに少し気をつければ、物事の本質が見えてくるということがあると思うんです。

竹中　今、村上さんは経済学でいうとふたつのことをおっしゃったことになると思います。ひとつは「フリーランチはない」ということです。ただ飯というのは絶対にない。タダだと思っても誰かが払っているわけです。それを見ることによって社会の仕組みが見えてくるということがあります。政治家が「財政赤字でも、国債を出してそれで景気が良くなるならば、いいことばかりじゃないか」と言いますが、そんなことはない。結局子供や孫の世代が負担をするんです。

もうひとつはオポチュニティー・コスト、機会費用という考え方です。あるものにお金を使ったということは、他の何かを犠牲にしているということです。まさに『あの金で何が買えたか』が表しているものですが、この考え方は今後さらに重要になっていきます。経済がどんどん成長しているときは、所得も大きくなるから、失われるものというのはさほど大きくないんです。成長が低くなれば、あるものを獲得するときに犠牲になるもののことを考えなければならないのは当然なのです。

profile
竹中平蔵（たけなか・へいぞう）1951年和歌山県生れ。1973年、一橋大学経済学部卒業。大阪大学経済学部助教授、ハーバード大学客員准教授、IIE（米国国際経済研究所）客員フェロー等を経て、現在、慶応義塾大学総合政策学部教授（経済学博士）。専門は、経済政策。著書に、「研究開発と設備投資の経済学」（東洋経済新報社）、「日米摩擦の経済学」（日本経済新聞社）、「民富論」（講談社）など多数。サントリー学生賞、エコノミスト賞受賞。

3261億円　シーガイア経営破綻　負債総額

サミット外相会合の会場ともなった宮崎市の大型リゾート施設シーガイアを運営するフェニックスリゾートが、2001年２月、会社更生法の適用を申請。関連会社２社を含む負債総額は3261億円。第三セクターとしては過去最大の経営破綻となった。

	プレステ２開発	200
	芝のグラウンド	2021
	トルシエ級コーチが100人	100
	坂本龍一オペラ製作	50
＋	おつり	890
		3261 億円

プレステ２開発
200億円

各国でヒット商品となったソニー・コンピュータエンタテインメントのプレステ２。その心臓部分を成す高性能ＣＰＵ（中央演算処理装置）に100億円、画像処理ＬＳＩ（大規模集積回路）に100億円、合計約200億円の開発費が投じられた。

都道府県に100面ずつ芝のグラウンド
2021億円

同じボールを蹴るのでも土と芝生では大違い。緑の芝生の上でプレーすれば上手くもなるし気分も良い。業者によるとサッカーコート一面が余裕でとれる1万平方メートルの土地を芝生にする費用は約4300万円。ただの空き地なんていくらでもあるのだから。

トルシエ級コーチが100人巡回
100億円

スポーツを定着させるためには、プロレベルはもちろん、若年層に対しても優れた指導者の存在が必要。この点で日本のサッカー界はまだまだ遅れている。そこでフィリップ・トルシエ代表監督クラスの人材を海外から招聘、選手はもちろん指導者の育成にも当たってもらう。トルシエ監督の年俸は推定1億円。

坂本龍一オペラ製作　50億円

新作オペラを作ってもらう。キャスト・スタッフは、オーケストラ：ベルリンフィル、指揮者：小澤征爾、ソロ（テノール）：プラシド・ドミンゴ、ソロ（ソプラノ）：ジェシー・ノーマン、ダンス：フランクフルトバレー団、振り付け：ウィリアム・フォーサイス。映像はスタンリー・キューブリックとアンドレイ・タルコフスキーのフーテージをジャン・リュック・ゴダールが編集する。

1兆8700億円　そごうグループ倒産　負債総額

2000年７月、百貨店大手のそごうグループが民事再生法の適用を申請、倒産した。負債総額は１兆8700億円。

	シアーズ・ローバック	1兆2500
	米トップ企業50社のCEO	500
	フィリピンのマングローブ再生	300
＋	おつり	5400
		1兆8700億円

シアーズ・ローバック
1兆2500億円

世界最大の百貨店チェーン。アメリカでも70年代以降、“百貨店危機”が叫ばれたが、むしろ本業に専念することで経営再建を果たした。小売業全体で見てもウォルマートに次いで全米で２位。なお金額は2000年５月時点での株価の時価総額。

米トップ企業５０社のＣＥＯ
５００億円

アメリカの調査会社の調べによる1999年のアメリカの大企業トップ50社のＣＥＯの報酬は平均で９億3000万円、合計すると500億円弱だった。この中には株価の上昇に連れて膨らむオプションも含まれている。企業経営の専門家である彼らの招聘で破綻が回避されるなら安いもの。

フィリピンのマングローブ再生
３００億円

日本人が食べるエビの養殖場をつくるため、東南アジアではマングローブ林が消えつつある。最大の被害国フィリピンでは45万ヘクタールのマングローブ林のうちすでに６５％が失われたという試算（アジア開発銀行）もある。３０万ヘクタールに、１ヘクタールあたり3000本の割合でマングローブを植える事業の投資額は300億円になる。

2兆9366億円　千代田生命経営破綻　負債総額

2000年10月、千代田生命保険が更生特例法の適用を申請、経営破綻が明らかになった。負債総額は２兆9366億円。

風力発電１万基	2兆0000
欧州有名デザイナーのごみ工場１０	6200
途上国１万カ所に図書館	100
＋ おつり	3066
	2兆9366億円

風力発電１万基
２兆円

風力発電機の建設費は１基約２億円。これを１万基をつくると、１年間の電力供給能力は、日本の一般家庭の１割弱、およそ270万世帯分の年間使用量をカバーできる計算になる。

欧州有名デザイナーのごみ工場１０
6200億円

オーストリアの著名建築家がデザインしたウィーンのごみ焼却工場シュピッテラウ工場は、色とりどりの外観や、余熱で蒸気を作り地域に暖房を供給するなどのシステムで知られ、観光名所ともなっている。すでに大阪府はこの工場と提携した焼却施設を建設中。同規模のものを全国10カ所に建設する。

途上国１万カ所に図書館
100億円

現在でもＮＰＯの手により図書館の寄贈活動は行われているが、例えば東南アジアの山村に鉄骨平屋建ての図書館を建設するとおよそ100万円がかかるという。国際貢献のひとつとしてこれを１万カ所に寄贈する。

4兆5297億円　協栄生命経営破綻　負債総額

2000年10月、協栄生命保険が更生特例法の適用を申請、経営破綻が明らかになった。負債総額は４兆5297億円。

	メリルリンチ	3兆7600
	天然ガス車用スタンド1000件	2000
	モンゴル寒波緊急援助	13
＋	おつり	5684
		4兆5297億円

メリルリンチ
3兆7600億円

1885年に設立された世界最大規模の証券会社。日本では破綻した山一証券の一部を引き継いで営業している。なお金額は2000年５月時点の株価の時価総額。

天然ガス車用スタンド１０００件
2000億円

ディーゼル車の代替として期待されている圧縮天然ガス車。黒煙がほとんど排出されず窒素酸化物もディーゼル車の１割に抑えることができる。しかしスタンドが少ないために普及が進んでいない。総工費２億円のスタンドが1000カ所もあれば、だいぶ使い勝手が良くなるはず。

モンゴル寒波緊急援助
13億円

過去最悪の寒波に見舞われたモンゴル。寒さやエサ不足で死んだ家畜は最終的には600万頭に達すると見られている。2001年２月、同国の国防相兼災害対策本部長は、現金700万ドルと食糧400万ドル分の緊急援助を国際社会に求めた。

2兆5000億円　整備新幹線

2001年度の整備新幹線建設計画で、北陸新幹線、九州新幹線の新規着工区間が決定、さらにこれまでの計画では簡単に整備できるスーパー特急を利用する予定だったのが、フル規格に“格上げ”されることも決まった。これにより北陸新幹線（上越～金沢）と九州新幹線鹿児島ルート（博多～西鹿児島）の総事業費は2兆5000億円に膨らんだ。

南北朝鮮鉄道の北朝鮮部分総工費	600
すべての小中高にカウンセラー	4500
水質汚濁対策	9000
育児支援施設1000カ所建設	5000
＋ おつり	5900
	2兆5000億円

南北朝鮮鉄道の北朝鮮部分総工費 600億円

韓国ソウルと北朝鮮の新義州をつなぐ鉄道、京義線の復元は南北双方が望んでいるプロジェクト。この路線をさらに北に延ばし、シベリア鉄道と結ぶ構想もあり、北朝鮮側の工事の総工費は5億ドルが見込まれている。

すべての小中高にカウンセラー
4500億円

「こころの教育」などと声高に言われるわりに“こころの専門家”の教育現場への配置が遅れている。最大の理由は予算不足。公立私立を問わず、あらゆる学校に年間1000万円の予算で専門のカウンセラーを派遣する。

水質汚濁対策　9000億円

「これだけの対策を行っていれば日本の川や湖の水質汚濁は防げた」という金額を経済企画庁が試算したもの。それらの対策は行われず、余計な事業を行った結果が現在の状態なのである。

育児支援施設１０００カ所建設
5000億円

少子化、核家族化が進む中で、育児をサポートする施設が求められている。保育所の機能と、保育士や家庭児童相談員ら専門家が相談に対応する機能があり、かつ育児ボランティアなどのネットワークの拠点ともなる施設を、人口10万人に１カ所の割合で建設する。

6000億円　日本興業銀行 公的資金投入額

資本注入の内訳は優先株3500億円、劣後債2500億円。優先株の利回りは年0.43〜1.40%。今後5年程度で優先株償還のための財源を積み上げることができるとしている。残る不良債権は１兆8722億円（99年３月)。99年３月期決算は1957億円の赤字だった。2000年9月、第一勧業銀行、富士銀行と経営統合、みずほフィナンシャルグループとなった。

経口補水塩（365回分）	985.5
バリアフリータウン	5000
＋ おつり	14.5
	6000億円

難民への経口補水塩補給
985億5000万円

アジア、アフリカでは、栄養不足と不衛生からくる子供の下痢性脱水症の被害がひどく、91年にはバングラデシュで31万人の死者を出した。この対策のためにユニセフ（国連児童基金）を中心に行われているのが「経口補水塩」の配布。この塩、砂糖などの粉を溶いて飲むことで、下痢などによる脱水症を抑えることができる。１包わずか10円。これを1年間給与すればどれほどの人命が救われることか。全世界の難民数（96年）は2700万人。つまり985億5000万円あればいいのである。

バリアフリータウン建設
5000億円

だれもが何の障害（バリア）なく、自由（フリー）に参加できる社会。特に障害者や高齢者に優しいバリアフリーの考え方が急速に広まってきている。ＪＲの駅に見られる車椅子昇降機がその一例だ。このバリアフリー、実は改めて配慮するよりも、当初から計画に組み込んだ方が安いという試算が出ている。例えば約100万人の政令指定都市・仙台市（宮城県）並みのバリアフリータウン建設にかかる費用は、5000億円ですむのだが。

9000億円　第一勧業銀行 公的資金投入額

資本注入の内訳は優先株7000億円、劣後ローン2000億円。優先株の利回りは0.41～0.70%。国内リテール（小口業務）でナンバーワンを目指し、2006年度末までには8000億円の内部留保が生じるので公的資金の返済は可能、としている。残る不良債権は都銀最大の2兆2532億円（99年3月）。2000年9月、みずほフィナンシャルグループに。

	スフィンクスの修復	3.375
	途上国の子供に基礎教育	8400
	アフリカ象保護プロジェクト	24
+	おつり	572.625
		9000億円

スフィンクスの修復
3億3750万円

10年の歳月をかけ、98年に修復が完了したエジプト・ギザのスフィンクス。セメントを使わずに1万2000個の石灰岩ブロックを補強した、このほとんど手作業による修復工事の総費用は、たったの総額3億3750万円だった。もちろん、まだこれ以外にも修復の手を待つ巨大遺跡は残っている。

途上国の子供すべてに基礎教育を 8400億円

ユニセフ発行の「1999年世界子供白書」によると、開発途上国の就学年齢児の21%にあたる1億3000万人以上が、読み書きできないまま21世紀を迎えた。白書は対策として今後10年、平均して毎年70億ドルの教育費が必要だと訴えている。ちなみにこれはアメリカ人の化粧品消費額や日本人のおもちゃの消費額とほぼ同額である。

アフリカ象保護プロジェクト 24億円

現存する最大の陸生哺乳動物、アフリカ象の現在の生息数は、アフリカ大陸全体で約76万頭。だが後を絶たない密猟と、環境悪化で、その数は急減している。WWF（世界自然保護基金）によれば、アフリカ大陸全体で象の生態調査や保護のプロジェクトを行うために必要な費用は、年間20万ドルだという。100年分の費用でも24億円。

8000億円　さくら銀行 公的資金投入額

資本注入は全額優先株による。利回りは年1.37%。経営健全化計画として国内140店舗を削減する一方、コンビニとの提携で店舗設置コストを削減するなどといったリストラ策を発表、2002年度には7800億円余りの粗利益を見込んでいる。残る不良債権は1兆7998億円（99年3月）。2001年4月、住友銀行と合併、三井住友銀行に。

ワシントンポスト	6600
シカゴ・ブルズ	1200
タイガー・ウッズ	48
＋ おつり	152
	8000 億円

ワシントンポスト
6600億円

ウォーターゲート事件の報道などでも有名なジャーナリズム界の雄。アメリカで最もパワフルな女性との称号をもつキャサリン・グラハム（80）が社主を務め、ワシントン政界への影響力も強い。記者クラブにたまっているだけで自分では何も取材しないともいわれている日本の新聞記者をまとめて留学させる、なんてこともできるはず。

シカゴ・ブルズ

1200億円

全米プロバスケットボール（ＮＢＡ）で６度のチャンピオンに輝く偉大なチーム。マイケル・ジョーダン引退後の98〜99シーズンは優勝メンバーが他チームに移籍して最下位に低迷、この調子なら買収額はもっと安くなる可能性も。ただしチームは若返りを図っている最中なので、数年後にはユナイテッドセンターで、熱烈なシカゴ市民とともに第二の黄金時代を祝えるかもしれない。

タイガー・ウッズ

48億円

96年、スポーツメーカーのナイキとライセンス契約。これが７年で4000万ドルという壮絶な金額。これで彼はスポーツマン長者番付の上位にランクインした。ところがその後はナイキの不調もあってそのキャラクター価値は下落気味。ここで名乗りをあげライセンス契約できれば、ウッズとのラウンド、プライベートレッスンくらいはやってくれるかも。

1兆円　富士銀行 公的資金投入額

資本注入の内訳は優先株8000億円、劣後債2000億円。優先株の利回りは年0.40〜0.55%。子会社化した安田信託銀行への増資分も含まれるため注入額は都銀中最大となった。優先株は自己資本に余裕が生じた時点で償却、償還を実施するとしている。残る不良債権額は、1兆3885億円（99年3月）。2000年9月、みずほフィナンシャルグループに。

	究極の愛人	10
	CNN	9600
	実験水路	140
＋	おつり	250
		1兆0000 億円

究極の愛人　10億円

銀座のホステスにどれだけお金を使うことができるだろう。まず、銀座８丁目の超一等地に広々としたお店を用意。坪単価1000万円として30坪で３億円。内装に滅茶苦茶お金をかけて１億円。他の店から選り抜きの女の子を連れてくる軍資金として１億円。近隣へのトラブル回避のためのお金が2000万円。これに普段の生活の場として目黒区青葉台に高級マンションを買ってあげて、自家用車にポルシェを買ってあげて、お洋服とお靴はすべて超高級ブランドで、十分すぎる生活費を渡して……。何をやっても10億円は超えそうにない。不謹慎な話で恐縮だが、これで女優やピアニストやバレエのプリマに入れあげてしまうと、こんな金額では足りなくなる。コンサート主催、楽器やコンサートホールの確保、映画や演劇やレコードやビデオの制作などであっという間に10億の資金はなくなるだろう。要するに、銀座のホステスというのは、上限が10億という、その程度のものなのだが、いまだに憧れを持つ寂しい男がいるのは驚くべきことだ。ただし10億円を最初から浪費する覚悟があれば、たぶんあとで匿名でたれ込まれることはない。

CNN
9600億円

マスメディア複合企業のタイムワーナーが、CNNを傘下におくターナー・ブロードキャスティング・システムを買収したときの金額。もしこの世界最大のニュース番組ネットワークを手に入れることができれば、これまで世界的なメディア再編と無縁だった日本のテレビも少しは変わるはず。個人で所有した場合、どういうことができるかと想像するのも楽しい。

自然共生研究施設の建設 140億円

生態系を備えた自然環境を人工的につくることはできるか――そんな試みが世界中で始まっており、今世紀のテクノロジーとしても注目を浴びている。国営木曾三川公園（岐阜・川島町）にある環境の研究を行う自然共生研究施設には、14億円をかけた世界最大の実験水路がある。全長700メートルの水路、実験用人工池などを併せ持つもの。施設では、魚や植物などの棲み良い環境を調査・研究している。ここだけではなく、異なる条件の土地10カ所で同様の研究に着手する。

5010億円　住友銀行 公的資金投入額

資本注入は全額優先株による。利回りは年0.35〜0.95%。経営健全化計画の実現により、2002年度には業務純益3600億円、連結ＲＯＥ（株主資本利益率）7%以上を達成、それ以降、優先株の償却が可能になるとしている。残る不良債権は2兆137億円（99年3月）。2001年4月、さくら銀行と合併、三井住友銀行に。

土星探査機	4080
バイアグラ開発費用	400
ツシマヤマネコ保護	3.3
アマゾンの森復元	252
＋ おつり	274.7
	5010億円

土星探査機
4080億円

97年10月、米欧で共同開発された大型探査機カッシーニが打ち上げられた。これには衛星タイタンへの着陸を目指す子探査機ホイヘンスが搭載されており、2004年には到着する予定。夢物語へのムダな出費などといってはいけない。航空宇宙産業の先端技術は必ず他の分野にフィードバックされるのだ。

バイアグラ開発費用
400億円

バイアグラがもともとはアルツハイマー治療薬として開発されていたのは有名。ひょうたんからこまのような話だが、莫大な新薬開発費用をかけていたからこそ、もうひとつの機能が発見されたのだ。製造元の製薬会社ファイザー社の97年の開発費用は17億ドル（2040億円）。そのうち400億円がバイアグラ関連だったという。第二のバイアグラ探しをするにせよ、このレベルの開発費は必要条件のようだ。さてあなたはどういう薬を開発しますか？

ツシマヤマネコ保護
3億3000万円

絶滅の危機に直面している動物の一種で、国の天然記念物に指定されているツシマヤマネコを保護する施設、長崎県・対馬ワイルドライフセンターの建設が認められたのは、ようやく95年のこと。建設費は北海道・海鳥保護センターと合わせて3億3000万円だった。現在、ツシマヤマネコの生息数は100匹程度とされているが、ネコ免疫不全ウイルスに冒されるなど、保護に残された時間は少ない。単純な比較計算はできないが、日本の金融機関の「隠蔽」「問題先送り」によっていたずらに膨れ上がった救済資金で、いったいどれくらいの絶滅危惧種が救えただろうか。

アマゾンの森調査・復元プロジェクト
252億円

幅3000マイルで地球を取り巻く熱帯雨林。かつては陸上の14%を覆っていたといわれるこの緑の帯は、今ではわずか6%足らずに減ってしまった。その3分の1をブラジルが占めている。アマゾンの森林は、貴重な動植物の宝庫であるばかりでなく、地球温暖化（温室ガスの25%が熱帯雨林の焼失から生じるという調査もある）を抑止している。その調査・復元プロジェクトには、2億1000万ドルが必要である。自分たちの出した資金で熱帯雨林の多様で豊かな生態系が保存されていくというイメージは、きっと気分がいいのではないだろうか。

4080億円　大和銀行 公的資金投入額

資本注入は全額優先株による。利回りは1.06%。海外業務からは全面撤退、複数の関西の地方金融機関と提携し、大阪のスーパーリージョナル銀行を目指し、公的資金は今後12年間で返還するとしている。残る不良債権は6600億円（99年3月）。

パレスチナ復興費用	3600
点字図書館	188
失明危機の子供にビタミンA	20
＋ おつり	272
	4080 億円

パレスチナ復興費用　3600億円

中東和平の鍵を握るパレスチナ。93年に暫定自治合意がなされ、94年には「イスラエル・ヨルダン平和条約」が結ばれたが、今も火種はくすぶっている。時折起こるテロの背景にはパレスチナの人々に経済的基盤がないこともあり、復興と平和はまさに車の両輪のような関係にある。日本もこれまで3億5284万ドルの援助を実施しているが(98年３月現在)、復興総費用はその10倍の30億ドルである。金銭・資源的な利害ではなく、また対米追従的な目的ではなく、自らの価値観で日本が経済援助をできるようになる日がいつか来るのだろうか？

点字図書館

188億円

日本に33万人いるとされる視覚障害者にとって、読める本＝点字図書はかけがえのないものである。全国の公営図書館数2366に対して、全国の点字図書館の数は、公営19、私営54の計73（ともに96年度現在）。最新の金沢市の点字図書館の建設費用は４億7000万円。これと同等の４億円規模の図書館を全国各都道府県に増やすなら、予算は188億円となる。

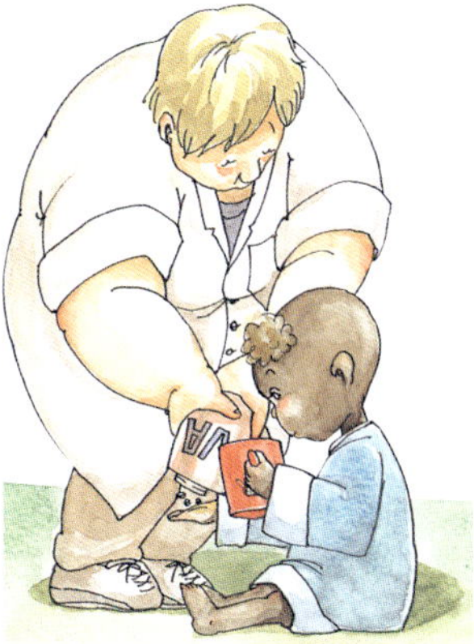

世界の子供を失明から救う

20億円

ユニセフによれば、ビタミンAの不足によって年間50万人の子供が視力を失っているという。しかも失明児の半数が数カ月以内に命まで落とす。失明を防ぐビタミンAカプセル１人１年分は、たった8.3円。彼らを救うための費用は、50万人分で年間415万円。これをビタミンA不足の状態にある子供すべて（２億3100万人、WHO：世界保健機関の推定）に範囲を広げても19億1730万円である。

7000億円　三和銀行 公的資金投入額

資本注入の内訳は優先株6000億円、劣後債1000億円。優先株の利回りは0.53%。取締役を24人減の11人とし、「リテール（小口業務）」「法人」「市場国際」の3部門のカンパニー制を導入するなどの経営健全化計画を発表している。残る不良債権は1兆7308億円（99年3月）。2001年4月、東海銀行、東洋信託銀行と経営統合、ＵＦＪグループに。

	モデル都市空気汚染除去	3000
	ヴァレンティノ社	360
	疾病対策予防センター	2400
＋	おつり	1240
		7000億円

モデル都市として
バンコクの空気汚染を除去
3000億円

97年の地球温暖化防止京都会議でも大きなテーマのひとつとなっている渋滞による大気汚染問題。健康被害を防ぐ公害対策が精一杯で、総合的なガス排出規制にまで手が回らない「中進国」、なかでもタイ・バンコクの交通渋滞はひどい。バンコクでは抜本的な改善のために、96年末より総延長20キロメートルの地下鉄建設が始まっているが、経済危機のために暗雲も。費用は600億バーツ（約2500億円）、他に車両・電気・信号設備が約500億円の計3000億円。

ヴァレンティノ社　360億円

クラシックでエレガントな服をつくり続ける一流デザイナー、ヴァレンティノ・ガラヴァーニをブランドごと買い取る。「世界で1着だけのドレス」を作ってもらって、彼女にプレゼントして、それでもキスもさせてくれなかったら、彼女のことはあきらめましょう。

米国並み疾病対策予防センター 2400億円

合衆国疾病対策予防センター（CDC）は、世界中を駆け回り情報を収集、地球レベルでの緻密な感染症対策に取り組んでいる。活動費用は連邦の予算と「ＣＤＣ財団」への寄付とで年間20億ドル。ほぼ同額の予算を用意すれば、日本国内での輸入感染症・感染症治療体制及び伝染病予防のためのシステムが構築できるはずだ。

6000億円　東海銀行 公的資金投入額

資本注入は全額優先株による。優先株の利回りは0.93〜0.97%。残る不良債権は7531億円（99年3月）で、2003年3月期までに累計1800億円の処理を見込む。当初、あさひ銀行との金融持ち株会社を設立する方針だったが、2001年4月、ＵＦＪグループに経営統合。

北朝鮮軽水炉建設	5520
ビートルズ全出版権	81.6
マーク・マグワイア	10.6
＋ おつり	387.8
	6000億円

北朝鮮に軽水炉建設
5520億円

94年の米朝合意に基づき、97年より日米韓が主体の「朝鮮半島エネルギー開発機構（ＫＥＤＯ）」により北朝鮮で建設が始まっている軽水炉。この原子力発電所は、一基100万キロワットを誇り、2003年までに建設することが決まっている。朝鮮半島から核兵器の不安を取り除き、安定をもたらすと期待される軽水炉２基の建設費はしめて46億ドル。有効な外交手段としても使えるのは言うまでもない。

ビートルズ全楽曲出版権
81億6000万円

ビートルズのほとんどの曲の権利を持っているのはマイケル・ジャクソン。大ヒットアルバム「スリラー」で得た印税でこれを手に入れた。あなたがカラオケで「ヘイ・ジュード」を歌うたびに彼の懐にお金が入るわけで、その商才には脱帽。もし、この権利を持っていたら、酔っ払いのヘタな「イエスタデイ」を聞かされても腹は立たないかもしれない。

マーク・マグワイア
10億6000万円

98年に年間本塁打70本の世界記録をうち立てた米大リーグ・セントルイス・カージナルスの一塁手。99年度の年俸は883万3333ドルで全選手中第11位。一緒にバッティングセンターに行ってそのパワーを披露してもらう。

5000億円　あさひ銀行 公的資金投入額

資本注入の内訳は優先株4000億円、劣後債1000億円。優先株の利回りは1.15〜1.47%。国際業務や大企業向けの貸し出しを抜本的に見直し、経営資源を国内リテール（小口業務）に集中するとしている。残る不良債権は9298億円（99年3月）。

盲導犬	4600
有人深海調査船	125
乾電池処理センター	47
＋ おつり	228
	5000億円

盲導犬
4600億円

現在、日本で盲導犬を待つ目の不自由な方は、約２万人。それに対して盲導犬は、わずか850頭あまり。97年度に全国盲導犬施設連合会から送り出された盲導犬はたった84頭にすぎない。盲導犬１頭を育てるのにかかる経費は、人件費や施設費も入れて約2300万円。2300万×２万人＝4600億円があれば、需要に応えることができる。

有人深海調査船

125億円

日本の海洋科学技術センターが開発し、89年から活躍中の「有人深海調査船しんかい6500」。建造費が125億円。金華山沖の日本海溝で深さ6527メートルの潜水船世界記録を達成した。3人乗りで、水深6500メートルまでたどり着くには約2時間かかる。そんな深海体験を、2台目からは一般にも公開する。

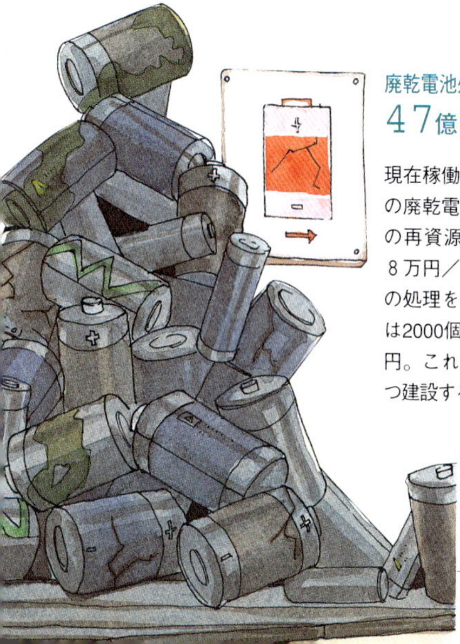

廃乾電池処理施設を全国に建設

47億円

現在稼働中の、北海道・旭川市の廃乾電池など水銀含有廃棄物の再資源化実証プラントでは、8万円／1トンで廃乾電池などの処理を行っている。処理能力は2000個／時。総事業費は1億円。これを都道府県に1カ所ずつ建設する。

4002億円　三井信託銀行 公的資金投入額

資本注入の内訳は優先株2502億円、劣後ローン1500億円。優先株の利回りは年1.25%。99年3月期決算の最終損益は1440億円の赤字、残る不良債権は7687億円。2000年4月、中央信託銀行と合併、中央三井信託銀行に。

	パイプライン	3000
	ドナルド・トランプ	86.4
	日本文化センター	830
+	おつり	85.6
		4002億円

天然ガスパイプライン建設
3000億円

民間企業44社が集まってできた非営利団体「アジアパイプライン研究会」によれば、将来のシベリアから日本への天然ガスのパイプラインの導入に向け、国内のパイプライン整備が急務であるという。建設コストはとりあえず東京ー神戸間で3000億円。これが全国に行き渡ると、CO_2が年間1500万トン（年間排出量の5%）減少、30年間累計で、パイプラインに伴う道路混雑緩和効果が2兆1000億円と見込まれている。

ドナルド・トランプ
86億4000万円

ニューヨーク・マンハッタン5thアベニュー「トランプタワー」などで有名な不動産王。42歳の時、すでに資産が50億ドルを超えていたが、87年のブラック・マンデーとその後の不動産不況で大半を失ってしまい、一時は不景気アメリカの象徴扱いされていた。ところが94年にエンパイアステートビルを買収したのを皮切りに見事復活。低迷する不動産業界などで、その不屈の精神を日本でも発揮してもらう。

日本文化センター建設
830億円

学術、日本研究から日本語教育、芸術、生活文化まで幅広い分野で人の交流を基本とした文化交流事業を行う「国際交流基金」。現在、そのための拠点「日本文化センター」がパリなどにあり、現地ではそれなりに好評を博している。諸外国から顔が見えないと揶揄される日本をもっとアピールすることを考えれば、さらに10都市に「日本文化センター」を建設してもいいのではないか。パリ並みの施設を10つくるとすると、その費用は830億円となる。

3000億円　三菱信託銀行 公的資金投入額

資本注入の内訳は優先株2000億円、劣後債1000億円。残る不良債権は1兆3619億円にのぼり、総与信残高の12%を占めている（99年3月）。これらの公的資金は2001年1月、前倒しで全額返済された。2001年4月、東京三菱銀行、日本信託銀行と経営統合、三菱東京フィナンシャル・グループに。

井戸の整備	2200
モアイ像修復	1.8
中国洪水遺跡修復	30
＋ おつり	768.2
	3000億円

井戸の整備
2200億円

ネパール、ラオス、マリなど、世界中に安全な飲み水を確保できない地域は多く、そこに住む人口は11億人といわれている。井戸ができれば衛生面が改善されるだけでなく、水くみという重労働から子供たちが解放され、彼らが学校に行くこともできるようになるのだ。現在ユニセフが設置している浅井戸用手押しポンプは、1台5万円。これで250人が救われる。すべての人が井戸を使用できるようにするには440万個、総額2200億円が必要となる。95年にユニセフが水のために拠出した費用は71億円である。

モアイ像修復

1億8000万円

チリのイースター島に立ち並ぶモアイ像の修復は、「モアイ修復委員会」によって92年から93年にかけて行われた。このときの総費用はたったの１億8000万円だった。なお、すべての謎が解明されていないこのモアイ像だが、日本とチリ大学の共同研究はいまなお続いている。ただしモアイ像の修復に全面的に寄与したからといって、その壁面に相合い傘マークの落書きなんかはできませんよ。

洪水で被害を受けた中国の遺跡修復

30億円

98年に中国を襲った歴史的大雨による長江の大洪水は、死者3000人超、被災者２億2300万人、損壊家屋500万戸という大惨事をもたらした。唐詩で有名な廬山や黄山など、世界遺産に登録された遺跡や国宝級の文化財なども甚大な被害を受けている。この人類の共通遺産を修復する費用は30億円（２億元）。

2000億円　住友信託銀行 公的資金投入額

資本注入の内訳は優先株1000億円、劣後債1000億円。優先株の利回りは年0.76%。残る不良債権は9504億円だが、2002年度までの5年間累計で4700億円を処理。市場の信任向上ができた段階で速やかに公的資金の償却、償還を図るとしている。

選挙システム電子化	1320
砂防ダム発電施設	80
ウェイン・グレツキー	7.8
＋ おつり	592.2
	2000億円

選挙システムの電子化
1320億円

選挙になるとどの候補も「予算の無駄を省く」と声をあげるが、その選挙費用がもっとも無駄であるという説もある。選挙の投開票システムはほとんどの国が開票の機械化が可能な記号式。日本はいまだ自書式である。96年の総選挙では総費用630億円がかかり、440万の無効票が出た。電子化した場合の費用は1200億円だが、選挙１回あたりの運用費は120億円ですむ（ＮＴＴデータ通信試算）。無効票が減ることを考えれば、どちらが生産的かおわかりだろう。

砂防ダムを利用して電力供給
80億円

全国の砂防ダムを利用して48万世帯の電力をまかなうことができる。滋賀大学・村本孝夫教授グループによれば、落差5メートル以上の全国8万の砂防ダムに、小型発電機等1カ所10万円の費用で設置すれば総発電量は14万キロワット。総額80億円で34万世帯の電力量を賄うことができる計算になる。これを落差5メートル未満のダムにまで広げれば、48万世帯の電力量となる。

ウェイン・グレツキー
7億8000万円

アメリカ・プロアイスホッケー・リーグ（NHL）ニューヨーク・レンジャースに所属。プロ歴代1位の1072点など21年間で61のNHL記録を樹立したスーパースターだが今期限りで現役を引退した。愛称は「グレート・ワン」。札幌のリンクに立たせれば日本のアイスホッケーも人気急騰、北海道振興にも大いに役立つ。

2000億円　東洋信託銀行 公的資金投入額

資本注入は全額優先株による。利回りは年1.15%。残る不良債権は8981億円（99年3月）で、これは総与信残高の11.9%に達する。海外業務からは全面的に撤退、2001年4月、ＵＦＪグループに経営統合された。

	家電リサイクル施設	500
	パソコンを全学校に	1368
	蛍光灯処理施設を全国に	47
＋	おつり	85
		2000億円

家電リサイクル施設の建設
500億円

98年度に「家電リサイクル法案」が成立し、各家電メーカーは廃家電製品の処理が義務づけられるようになった。ただし回収の方法、費用、リサイクル施設など問題は山積みである。98年に茨城・那珂町に完成した「家電リサイクル実証プラント」（家電製品協会）は、年間１億5000万台のリサイクル処理や研究を行う世界初の大規模プラント。総事業費は50億円。これを全国10カ所に建設する。

全公立学校へのパソコン配備
1368億円

アメリカではすでに85%の学校でインターネットに接続できる環境が整っているのに、日本では19%。掛け声ばかりでパソコン配備はほとんど進展していないのが現状だ。18万円のパソコン20台を全国の公立小・中・高校に配ると総額1368億円。関連企業の協力を得れば、さらに多くのパソコンを提供できるはずだ。ただし、そういう対策を実現しても日本にビル・ゲイツやスティーブ・ジョブズが誕生するという保証はない。せいぜいワードやエクセルを使えるというだけのビジネスマン予備軍が大量に生まれるだけだろう。言うまでもないことだが、もっとも大切なのは創造力であり、そのためにはパソコンの配備だけではなく、抜本的な教育制度の改革と将来的なビジョンが必要である。

蛍光灯の完全リサイクル
47億円

日本でもようやく水銀などを含む廃蛍光灯のリサイクル施設が稼働し始めた（処理能力は１時間に蛍光灯2000本）。リサイクル先進国・ドイツから施設を丸ごと輸入することで、総事業費は１億円ですむという。これを全国の都道府県に設けると、総額47億円。

1500億円　中央信託銀行 公的資金投入額

資本注入は全額優先株による。利回りは年0.90%。優先株から普通株への転換は想定しておらず、公的資金は返還できるとしている。海外支店はすべて閉鎖、2000年4月には三井信託銀行と合併、中央三井信託銀行に。残る不良債権は2379億円（99年3月）。

アップル社	1440
ロベルト・バッジョ	3.5
シベリアトラ	18
＋ おつり	38.5
	1500億円

アップル社
1440億円

97年4月、米コンピュータソフト大手のオラクル社のローレンス・エリソン会長は当時経営不振にあえぐアップル社の買収計画を披露。12億ドルの資金は投資家グループから融資を受けるはずだった。翌年創業者のスティーブ・ジョブズが復帰、結局計画は断念された。同社は直後にiMacを発表するなど、盛り返しを見せている。投資価値は十分にあったというわけだ。

ロベルト・バッジョ
3億5000万円

セリエAインター・ミラノに所属するイタリアの超人気選手。ＥＵ内で欧州のサッカー選手が移籍する場合、前クラブとの契約が満了していれば基本的には移籍金は派生しない。したがってここで必要なのは本人との契約金、年俸のみ。バッジョの場合は98年にインター・ミラノと２年間、50億リラ（3億5000万円）で契約した。

シベリアトラを絶滅から救う
18億円

中国・黒竜江省ハルビン市では「放虎帰山（トラを自然に帰す）」計画が動き出している。中国東北部からシベリアにかけて生息するシベリアトラは、近年数が激減し現在250頭あまり。絶滅するのは時間の問題ともいわれている。そこで動物園などから集めたトラを訓練して、野生に返そうという試みが行われ始めたのだ。同市の野生化訓練施設には30頭のトラがいるが、このトラを養う経費は年間3600万円（240万元）。これを50年間続ける。

2000億円　横浜銀行 公的資金投入額

99年3月段階では第一地銀で唯一の公的資本注入行。その内訳は優先株1000億円。劣後ローン1000億円。優先株の利回りは年1.13〜1.89%。海外からは全面的に撤退し、地域のリテール（小口業務）に集中するとしている。

NGO支援	1100
ランボルギーニ社	180
ミハエル・シューマッハ	30
＋ おつり	690
	2000億円

NGO支援 1100億円

発展途上国などへの海外援助は、政府が主導するより現地に根付いたNGO（非政府団体）の活動をサポートする形で行われるのが世界のすう勢だ。ODA（政府開発援助）にしても、スウェーデンは30%、カナダは14%、アメリカは9%をNGOの活動資金に充てている。これに対して1兆1000億円を超える世界一のODA予算を持つ日本だが、そのうちNGO支援はわずか11億円。この比率をアメリカ並みにすると1100億円になる。本当の意味で“援助大国”を名乗るなら、この金額を拠出すべきだろう。それとも、NGOへの援助金ではODAのように現地政府との癒着でうまい汁を吸えないからインセンティブがないのだろうか？

ランボルギーニ社

180億円

98年7月、フォルクス・ワーゲンの子会社、アウディがイタリアの高級スポーツカーメーカー、ランボルギーニを買収した。買収価格は推定1億5000万～2億5000万マルク(120億～180億円)。ランボルギーニは年間生産わずか200台。主力車種のディアブロは1台最低価格が3000万円。

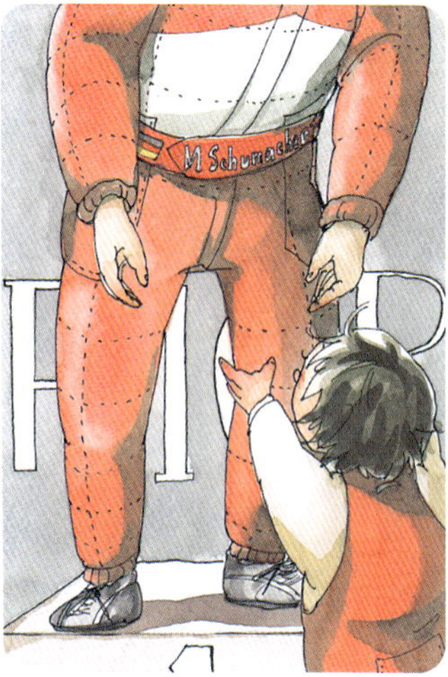

ミハエル・シューマッハ

30億円

サーキットで神業のようなドライビングを見せてくれる当代最高のF1ドライバー（フェラーリ)。行く末が微妙なタバコ会社に代わって莫大な額の彼のギャランティを支えることで、F1界全体にも貢献。あなたが契約すれば、きっとシューマッハが運転するレース仕様車の助手席に乗れます。

2049億円　対青木建設 債権放棄額

準大手ゼネコン・青木建設に対する債権放棄額は2049億円。99年３月、うち８割にあたる額の債権を、主力行のあさひ銀行（808億6200万円）、日本興業銀行（805億8200万円）がそれぞれ放棄した。だが、有利子負債残高は2877億円。

全米ラジオ局１００局	1920
スタンウェイ社	120
＋ おつり	9
	2049億円

全米の代表的ラジオ局１００局

1920億円

全米三大ネットワークの一つ、CBSを所有する放送・電機の大手ウェスチングハウス・エレクトリック社は、97年9月19日、米ラジオ局98局を所有するアメリカン・ラジオ・システムズを16億ドルで買収すると発表した。ラジオ局を持ちたいと思ってる人気DJのあなた。利権がからむ窮屈な電波管理行政の日本を捨てて、アメリカで放送局を買ってみたらどうか。

スタンウェイ社
120億円

1853年、ドイツ移民のハインリッヒ・スタンウェイとその４人の息子により創業された米ピアノ製造の名門で、ホロビッツをはじめ世界的なピアニストが愛用したため、“ピアノの王様”の名声をほしいままにした。経営不振によって70年代以降は経営権が次々と移っていったが、今も音楽ファンにとって憧れのピアノであることは変わらない。

1200億円　対フジタ 債権放棄額

99年３月、準大手ゼネコンでベルマーレ平塚の親会社・フジタに対し、さくら銀行や東海銀行など主要取引銀行６行は、総額1200億円の債権を放棄。しかし、債権放棄後の有利子負債残高は、5171億円。対して営業利益は91億円（98年３月期）。

中田英寿中心にチーム結成	385
ウェンブレースタジアム	300
マイケル・ジョーダン	39.768
プラザホテル	276
＋ おつり	199.232
	1200億円

中田英寿中心にドリームチーム結成　385億円

まずは３年契約10億円の年俸でヨハン・クライフ監督を招聘。続いて若手を中心に名だたるプレーヤーを集めてくる。予算の目安はひとりにつき年俸（３年分）、移籍金を含め25億円。15人で初年度支払い額は375億円に達する。98〜99シーズン、もっとも人件費をかけたチームはセリエAのラツィオで180億円といわれているから、その倍以上をつぎ込んだまさにドリームチームだ。日本人の有力な若手も、このチームで鍛える。

ウェンブレースタジアム　300億円

66年W杯イングランド大会の決勝が行われた英ロンドン郊外にあるサッカーの聖地。イングランド代表のホームゲームやＦＡカップの決勝など年間数試合しか行われないため、良質で美しい芝が保たれている。空いているときは自由に使わせてもらう、ということで、まずはシュートの練習から。あなたがサッカーファンならここでペナルティキックの練習をするといい。ときどき日本代表にも貸してあげる。

マイケル・ジョーダン　39億7680万円

97〜98シーズンをもってついに引退してしまったＮＢＡ、いやアメリカスポーツ界最大のヒーロー。最終シーズンのサラリーがこの額で、さらにナイキやゲータレードといった企業の広告塔として4500万ドルを稼ぐ。そこにいるだけでスポンサーがつき、観光客まで誘致できるという希有な存在。そんな“神様”と1対1で遊ぶという罰当たりなこともやってしまう。

プラザホテル　276億円

「プラザ合意」の舞台ともなったニューヨークの高級ホテル、プラザホテルの経営権を、ホテル王ドナルド・トランプがサウジアラビアのアルワリード王子とシンガポールのＣＤＬホテルズ・インターナショナルに売却したときの金額。日本の企業が海外のホテルを買収する例はバブル期に多かったが、日本の客をあてにして失敗することが多かった。要は投資と割り切ることだ。個人的にワンフロアを独占してしまえば、すてきなデートが約束されるでしょう。

2400億円　対藤和不動産 債権放棄額

マンション分譲大手の藤和不動産に対し、99年３月、東海銀行や住友信託など主要取引銀行６行は総額2400億円の債権を放棄。しかしまだ、有利子負債残高は約2000億円以上。対して営業利益は63億円（98年3月期）

	シベリア鉄道修復	240
	国連年間予算寄付	1200
	義足	120
+	おつり	840
		2400億円

シベリア鉄道修復 240億円

アジアとヨーロッパを結ぶ世界一長い（9297キロメートル）シベリア鉄道。1904年に開通したこの大陸横断鉄道だが、その輸送量は旧ソ連の崩壊や経済危機の影響から盛時の７％に激減している（98年現在）。保線等の維持管理費用が賄えなくなり、走行速度も落とさざるを得ないためだという。大陸横断というロマンはもちろん、日欧間を数日で結ぶ輸送の大動脈として蘇る可能性もある。日本は、２億ドル程度あれば、鉄道物流システムづくりに相当な貢献ができる。

国連予算の完全バックアップ
1200億円

国連の地位が揺らいでいる理由のひとつにその財政状況がある。年間10億ドル強の予算は主として先進国の分担金によって賄われており、その額は発言権にも影響する。ただし日本は全体の15%を負担しているにもかかわらず発言力ゼロ。いっそのこと、全額を負担してはどうだろうか。ビジョンもなく、むやみに安保理常任理事国入りを主張するより、よほど効果はあるはずだ。

カンボジアの地雷被害者に義足を送る
120億円

地雷により足を失った人の数はカンボジア国内で3万人とも30万人ともいわれている。彼らにとって義足は生きるうえで必要不可欠のものだが、性能の良い外国製義足は高くて買えないという人は多い。義足自体は100ドルからあるが、体型の変化やメンテナンスを考えると何回も交換する必要がある。金額は義足を求めている10万人にひとりあたり1000ドル分の義足を提供するとして算出した。もちろんカンボジア1国の数字である。

2100億円　対西友系ノンバンク 債権放棄額

99年3月、第一勧銀など取引銀行17行は大手スーパー・西友の子会社、ノンバンクの東京シティファイナンス（TCF）に対する債権2100億円の放棄を決定。すでに西友のTCFへの支援は1400億円にのぼっており、実質的には西友救済策ともいわれている。

ガルフストリーム１０機	420
ロナウド	33.6
マンチェスター・ユナイテッド	1250
＋ おつり	396.4
	2100 億円

ガルフストリーム10機
420億円

個人が所有できる最高機種のジェット機で、これさえあれば究極のリラックス長距離移動が可能。もちろんタバコをいくら吸おうが誰に気をつかうこともない。ただし莫大なランニングコストがかかるだろうが。

ロナウド

33億6000万円

欧州最優秀選手に輝いたサッカー界のスーパースター。ブラジル人。97年に、スペインの名門チーム、バルセロナから、イタリア・セリエA、インター・ミラノに移籍したときのサッカー史上例を見ない高額の移籍金が33億6000万円だった。払ったのはインター・ミラノのモラッティ会長だが、同クラブは“ロナウド効果”の観客増によりたった1シーズンで元をとったといわれる。

マンチェスター・ユナイテッド買収

1250億円

1878年に創設されたイングランド・プレミアリーグで最も人気のあるクラブが豪州のメディア王、ルパート・マードック氏に売却されかかったときの金額。実現すれば世界のスポーツ史上最高額の買収劇だったが、メディアへの権力集中を嫌った英政府が許可しなかった。今やサッカーはイギリスで最高の投資物件だという。個人で買った場合には、ぜひデビッド・ベッカムにセンタリングの、ライアン・ギグスにドリブルの、技術を教えてもらいたいところ。

1109億円　対佐藤工業 債権放棄額

横浜フリューゲルス消滅の大きな理由は、親会社の準大手ゼネコン、佐藤工業の撤退にある。99年５月、第一勧銀など取引行20数行は、佐藤工業の1109億円の債権放棄を決定した。「再建の道筋はついた」というが、残る有利子負債は約3000億円にのぼる。対して営業利益は135億円（98年３月期）。

ドジャース買収	420
坊主道楽	50
ジョディ・フォスター	18
グレッグ・マダックス	12.86
＋ おつり	608.14
	1109億円

ロサンゼルス・ドジャース買収
420億円

アメリカ・メジャーリーグの西海岸を代表する野球チームが、世界のメディア王ルパート・マードック氏率いるFOXグループに買収されたのは97年の９月。そのあおりで、当時在籍していた野茂英雄投手がニューヨーク・メッツにトレードに出されたのはご存じの通り。同球団を買収して今度は松井ら日本が誇る打撃陣を加えるというのはどうだろう。

坊主道楽　50億円

あらゆる欲望を満たした人が、道楽人生の最後に行き着くといわれているのがこれ。お気に入りのお坊さんに寺を寄進して、自分のためだけにお経を唱えてもらう。宗教法人格は買って2〜3億円。売り出されている寺を買うなら10億円、新しく建立して寄進するのなら20億円程度が目安とか。自分が死ぬまでの運営費を入れても50億円あれば、極楽行きが約束される、というのは非科学的な嘘だが、少なくともちょっとした心の平安は手に入れることができるだろう。

ジョディ・フォスター　18億円

ジュリア・ロバーツらとともにハリウッドでもっとも高額なギャラをとる女優。ただしもちろん金を出せば何にでも出てくれるというわけではない。現に彼女はやはり1500万ドルで出演が決まっていた「Double Jeopardy」を自ら降板している。でも出演料のスポンサーになれば、ツーショットを撮ったり、握手くらいはできるでしょう。

グレッグ・マダックス　12億8600万円

米大リーグ、アトランタ・ブレーブスの投手。「夢は27球で27個アウトを取って、ゲームを終わらせること」と豪語する世界一コントロールがよいピッチャーで、前人未到の4年連続サイ・ヤング賞受賞の記録を持つ。ぜひキャッチボールをしてもらおう。こんなに楽なキャッチボールの相手はいない。

3546億円　対長谷工コーポレーション 債権放棄額

99年5月、マンション建設最大手の長谷工コーポレーションの債権3546億円を取引行32行が放棄することを決定。これで債権放棄を申請していた主要な建設・マンション会社5社への債権放棄がすべて決定した。棒引きされた5社の借金は1兆円を超える。ちなみに、長谷工の有利子負債は、その後も増え続け、7000億円を超えている（2000年）。

	仏三ツ星レストラン	45.2
	チェルノブイリに診断装置	10
	アジアからの留学生援助	3200
+	おつり	290.8
		3546億円

フランスの三ツ星レストラン40年間毎日食事
45億2000万円

アラン・デュカス、タイユバンなど、フランスにある三ツ星レストランの総数は現在、21軒（ミシュラン99年版）。そんな超高級店で1000フランのディナーを2500フランのワイン2本とともにカップルで頂き、食後酒には1杯500フランのコニャックやアルマニャックを3杯ずつ。これで計10000フラン。1フランを20円と考えると、1年間で7300万円。それを40年続けると、29億2000万円。1年に2回の誕生日やクリスマスなど、計8回のパーティでどんちゃん騒ぎをして、それぞれ500万円ずつ使うとして、年に4000万円×40で16億円のプラス。総計で45億2000万円。たぶん肝臓はいかれてしまうだろうが。

超音波診断装置を チェルノブイリへ 10億円

原発事故後の治療に欠かせない「超音波診断装置」が、チェルノブイリでは決定的に不足している。すでに事故（86年）から10年以上経つというのに、だ。必要な機材を含めた１セットの値段は1000万円。少なくとも100台をロシアやウクライナなど被害を受けた地域に設置するとして、10億円。

アジアからの留学生援助 3200億円

日本に来る留学生の数が減ってきている。94年以来減少傾向に入り、97年度の留学生数は５万1047人。特にアジアからの留学生の減少が著しい。日本経済の冷え込みやアジア各国の経済危機などがその背景にある。アジア諸国の日本理解に果たす留学生の役割は大きい。そこで彼らへの経済的援助を行う。仮に１万人の留学生の全滞在費用を負担するとしても、１人年間160万円、総額160億円。20年間続けたとして、3200億円である。

6000億円　末野興産 負債総額

借り手責任の追及が成功した例であろうか。旧住宅金融専門会社（住専）の大口借り手の末野興産に対し、住宅金融債権管理機構などが脱税や資産隠しを追及、暴露した。96年11月に破産宣告された。負債総額6000億円は当時史上２番目の規模。

	朝日新聞全面広告１０年分	1095
	オリンピックを個人で開催	2028
	黄金の三角地帯麻薬	2000
＋	おつり	877
		6000 億円

朝日新聞に１０年間毎日全面広告　1095億円

朝日新聞全国版の全面広告の料金は約3000万円。これを１年間毎日出稿すると109億5000万円、10年間では1095億円になる。そのときに、どういうメッセージを発するか、ということを考えてみるのは無駄ではない。あなたがどういう人間か、どれだけの情報とネットワークを持っているかが問われる。個人的なラブレターに使うのももちろん自由である。

オリンピックを個人で開催
2028億円

そもそも五輪がスキャンダルにまみれたのは、そこに巨額のマネーが転がり込み、様々な利権が生まれたから。究極の解決策は見返りを求めない個人が開催してしまうことだ。シドニー五輪の開催経費は26億豪ドル。個人で開催してしまえば、チケットは友人親戚一同すべてに用意することができるだろう。ひょっとしたら聖火ランナーの一員にもなれるかもしれない。

黄金の三角地帯のヘロイン1年分を破棄
2000億円

タイ、ラオス、ミャンマー国境に広がる黄金の三角地帯は世界のヘロインの70%にあたるとも言われる原料のケシの大産地。収穫されたケシは一大集積地であるタイを経由して世界中に運ばれる。タイの大学の調査によると、タイ国内の麻薬ビジネスは2000億円規模と推定される。これを買って焼却すれば流通するヘロインの量は激減することになる。

6兆4990億円　住専一次損失

経営破綻した旧住宅金融専門会社（住専）の資産は、96年、住宅金融債権管理機構に譲渡された。このとき発生した第一次損失は6兆4990億円（96年2月時点）。

	宇宙ステーション計画（半額）	2兆4000
	世界の全地雷除去	3兆9600
＋	おつり	1390
		6兆4990億円

国際宇宙ステーション計画半額負担　2兆4000億円

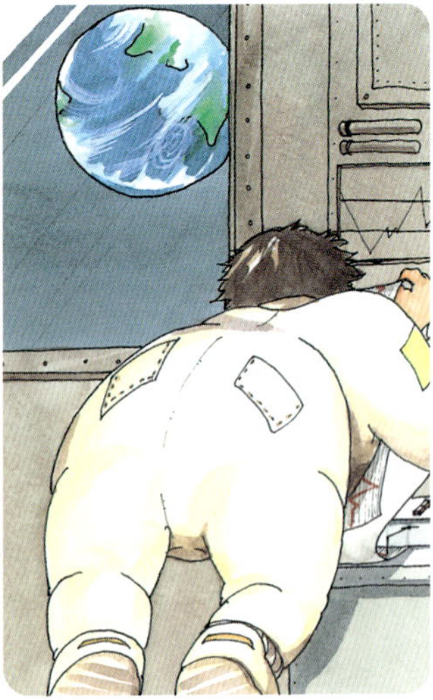

国際宇宙ステーション（インターナショナル・スペース・ステーション＝ISS）計画は、提唱国のアメリカ、欧州宇宙機関、日本、カナダ、ロシア、ブラジルが協力協定に基づいて推進している。40数回のフライトで宇宙空間に部品を運び、予定では2002年6月に、実験・居住モジュール7基、搭乗人員最大7人のISSが完成する予定だ。軌道制御、環境制御にはロシアの機器を使い、運用管制はアメリカが主体に行う。日本は3100億円を負担しているが、半額の2兆4000億円を負担して、計画の中枢を握ってはどうだろうか。

すべての地雷除去　3兆9600億円

現在１億1000万個の対人地雷が、世界中に埋まっており、しかもなおその数は増えている。いうまでもないことだが、この地雷を除去するには埋め込むよりはるかに費用がかかり、種類にもよるが最低300ドルがかかるといわれている。すべてを除去する費用は３兆9600億円で、もし作業が本格化すれば効率化が期待され、もっと安価にすむ可能性もある。

2兆3433億円　北海道拓殖銀行 不良債権額

「大手20行は潰さない」と国際的に宣言した大蔵省（現・財務省）の「護送船団方式」が、97年11月の拓銀破綻とともに瓦解した。98年3月期決算によると、新基準による不良債権額は2兆3433億円だった。その後99年3月に解散、営業は北洋銀行などに引き継がれた。

航空母艦	9000
映画「タイタニック」25本分	6000
NYタイムズ	7800
＋ おつり	633
	2兆3433億円

航空母艦
9000億円

98年7月完成の米最新鋭原子力空母「ハリー・S・トルーマン」（10万2000トン）の建造費。アメリカはこういったニミッツ級と呼ばれる巨大空母を12隻持つ。ちなみにアメリカの年間国防費は2623億ドルでもちろん世界一だが、日本も2位の429億ドルで3位フランス（371億ドル）を上回っている。いったい何に使ってるのだろう。

「タイタニック」制作費25本分
6000億円

プロデューサーが用意した資金だけでは足りずに、監督ジェームス・キャメロンが私財をなげうって完成させた。制作費は240億円。その結果、ご存じの通り映画史上１位のモンスターヒットが生まれた。この金額はぜひ頭の中にインプットして欲しい。240億円あれば「タイタニック」クラスの映画をつくることができる。場合によっては、世界中の数億の人々を感動させることも可能なのだ。

ニューヨークタイムズ
7800億円

アメリカを代表する新聞社。そのオピニオン報道は時に世論を動かすほどの影響力を有する。発信すべき情報があったとき、ニューヨークタイムズが報じたこと自体が付加価値となる。もちろん「日本をほめよう」キャンペーンのような恥ずかしいことはできないだろうが。

3兆5085億円　山一證券 負債総額

四大証券のひとつであった山一證券だが、創業100周年を迎えた97年11月、自主廃業を決定。負債3兆5085億円は戦後最大。

	北朝鮮への農業支援	1兆7000
	ストリートチルドレンに毛布	7500
	自然資源管理ネットワーク構築	6
	光ファイバー通信	8300
＋	おつり	2279
		3兆5085億円

北朝鮮への農業支援（半額出資）
1兆7000億円

世界食糧計画（WFP）では毎年のように北朝鮮（朝鮮民主主義人民共和国）への食糧援助を各国に呼びかけているが、韓国政府によれば「現物支援による北朝鮮の食糧難の全面解決は困難」で、根本的解決のためには「朝鮮半島エネルギー開発機構のような国際事業団による農業支援計画」が必要だという（97年6月）。総費用は2.5年間で12兆ウォン（約1兆7000億円）。食糧と情報に飢えた国民国家がもっとも危険なのだ。

ストリートチルドレンに毛布を提供
7500億円

国際労働機関（ＩＬＯ）の95年度の調査では、発展途上国での５歳から14歳の不当に働かされている子供は約２億5000万人。その大半がストリートチルドレンだという。最低限の援助として、彼らに毛布を送るとしたら、毛布１枚を3000円×２億5000万人で、合計7500億円となる。

自然資源管理ネットワークの構築　6億円

国連教育科学機関（ユネスコ）が生物多様性の保護などの観点から「生物圏保存地域」として登録しているのは、世界82カ国328カ所。これら地域の土地利用や人口動向、生物分布などの情報をパソコンで収集、管理、ネット化するためには、1地域約1万5000ドル必要。合計で500万ドルである。実現すれば、土地利用図の作製や環境影響評価などの計画策定、学術機関やNGO、国際機関との通信などが可能となり、貴重な自然資源の管理が格段にしやすくなるという。

光ファイバー通信網の整備　8300億円

光ファイバーで日本と英国をインド洋経由で結ぶ全長2万7000キロのネットワークが、97年11月に完成した（総事業費は15億ドル）のはいいが、まだ日本国内の情報インフラは驚くほど整っていない。98年、全国の小中高校約４万5000校と病院、公共施設を光ファイバーで結ぶ、総事業費約8300億円の計画が立案されたがいまだ頓挫したまま。最も生活に密着した医療・教育でさえ貧弱なままだ。

2兆6535億円　日本長期信用銀行 債務超過額

金融再生委員会の株価算定委員会によれば、日本長期信用銀行の国有化決定の時点（98年10月）での債務超過は、2兆6535億円。その後米リップルウッドに売却され、新生銀行となる。この間に投入された公的資金は6兆9366億円。うち国民負担は3兆7034億円に達した（2000年）。

ヤフー	8400
ごみ分別処理施設	1兆4500
敬老の日に寿司屋招待	2000
沖縄基地返還復興	1300
＋ おつり	335
	2兆6535億円

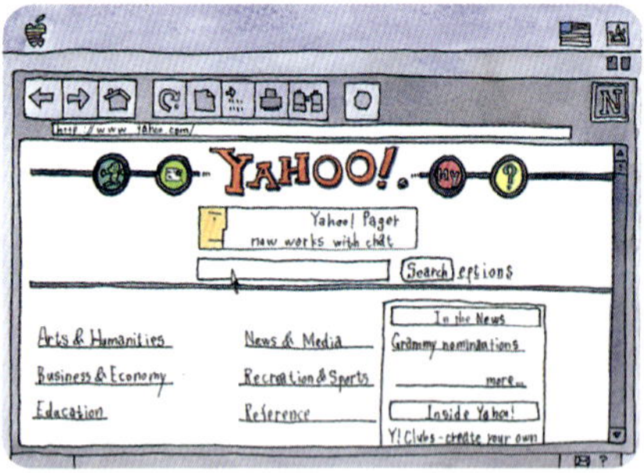

ヤフー　8400億円

インターネットの検索サービス大手。90年代後半のアメリカの株高をリードしてきたインターネット関連の代表的銘柄で、日本でも店頭市場で公開されるや一時は一株が6000万円に値上がりする異常人気となった。ネットビジネスの将来性は別にしても、そんな企業ですらこの金額で発行済み株式の半分を取得、自分のものにすることができる。

ごみ分別処理施設を全国に建設
1兆4500億円

青森・八戸地域広域市町村圏事務組合が2000年4月から稼働している「リサイクルプラザ」（延べ床面積1万940平方メートル）は、生ごみを除いた家庭のごみから、びんや缶を分別したり、古紙や布を圧縮してこん包し、ごみの半分以上をリサイクル業者に回す「ごみ分別処理施設」。総事業費は42億円。これで、八戸圏約36万人のゴミが分別可能となる。全国に同様の施設を展開するならば、あと346必要。費用は計1兆4500億円。

敬老の日に全ての老人を寿司屋に招待　2000億円

高齢化社会に突入した日本の65歳以上の老人はおよそ2000万人。この1日に限って大盤振る舞い、ひとり1万円で寿司の食べ放題、飲み放題を実施する。こうでもすればまた1年頑張ろうという気も起きるのでは？　老人たちがモチベーションを持たず病院通いばかりしているようだと間違いなく日本経済は近い将来に破滅する。

沖縄基地撤去のためのインフラ整　1300億円

沖縄基地問題を語るに避けて通れないのが、米軍基地による経済効果である。このマイナス分をどうするのか。前沖縄県知事の大田昌秀氏の試算によれば、基地を撤去した跡地を特別貿易地域としもここに企業100社を誘致。これで5000～6000人の雇用、さらに観光客増加で1万6000人のさらなる雇用が見込まれるという。整備と誘致の費用は、計1300億円である。

3兆943億円　日本債券信用銀行 債務超過額

大蔵省（現・財務省）主導により、97年7月に銀行・生保から2100億円、日銀から800億円の出資を受け、さらに98年3月には600億円の公的資金が投入された。にもかかわらず、98年12月には特別公的管理（一時国有化）が決定。99年3月期の決算によれば、債務超過額は3兆943億円に膨らんだ。2000年9月、ソフトバンク連合に譲渡、あおぞら銀行に。この間に投入された公的資金は4兆3834億円。うち国民負担は3兆1314億円に達した（2000年）。

	HIV新薬開発	1584
	癌治療薬研究開発	2兆1000
	アジアHIV感染者援助	6000
＋	おつり	2359
		3兆0943 億円

ＨＩＶ新薬開発
1584億円

アメリカ最大の研究機関、国立衛生研究所の予算は年間110億ドル。このうち12%がＨＩＶ関連にあてられているという。わたしたちがＨＩＶ新薬の開発に総合的に取り組もうとすれば、この額がスタートラインになるはずだ。

癌治療薬研究開発
2兆1000億円

日本人の死亡原因１位の癌。その治療薬の研究・開発の分野でもリードしているのはアメリカだ。これを支えているのが年間175億ドルという癌治療薬品の売り上げである。巨大市場を背景に、民間製薬会社が新薬開発に向けて活発な投資を行っている。これと同じ金額を原資として、一貫した研究・開発体制を敷けば、夢の癌治療薬が現実となるかもしれない。

アジアのＨＩＶ感染者への援助
6000億円

現在約500万人といわれているアジアのＨＩＶ感染者の多くは、医療面はもちろんのこと生活面でもケアがされておらず、偏見に取り囲まれながら発病の不安にさらされている状態だ。彼らに最低限の援助を提供するために必要な予算は年間1200億円。5年間で6000億円。

777億円　国民銀行 債務超過額

第二地銀の国民銀行は、99年４月、自力再建を断念。98年９月の金融監督庁の検査結果によると、777億円の債務超過に陥っていた。バブル期に不動産融資を膨らませた結果で、不良債権は貸出金全体の17%にのぼる。その後八千代銀行に営業譲渡されたが、債務超過額は膨らみ、国民負担は1800億円に。

サミー・ソーサ	10.8
トロント・ラプターズ	490
パヴァロッティ	19.2
＋ おつり	257
	777億円

サミー・ソーサ
10億8000万円

米大リーグ、シカゴ・カブスの外野手。98年ＭＶＰ。歴史に残るマグワイアとのホームラン競争では70本対66本で敗れはしたが、158打点。チームの成績に貢献しているということで、年俸もマグワイアより高いメジャー第10位。祖国ドミニカの英雄としても知られている。

トロント・ラプターズ買収
490億円

全米プロバスケットボール（ＮＢＡ）に、95年のリーグ拡大で誕生した最も新しいチーム。名門チームの半額以下というお値段。これから伝統をつくり、勝利を重ね、皆に愛されて成長していくことで、チームの価値はあがっていく。ＮＢＡの場合、弱いチームからドラフトの優先順位が与えられる共存共栄のシステムをとっているので、良いスタッフを集めれば強くなるのも早い。オーナー特権で元能代工業高校の田臥勇太を入団させてしまおう。

ルチアーノ・パヴァロッティ　19億2000万円

世界三大テナーのひとりを年間で押さえてしまう。パヴァロッティが持病の心臓病と闘いながら美声をとどろかせているのは有名。そこで今回は日本でゆっくり治療しながら、無理のないスケジュールで公演をしてもらう。もちろん国立競技場などではなく、きちんとした音響設備のあるところで。個人的に子守歌を聴かせてもらいながら昼寝……みたいなことはきっとできないだろうが。

1兆560億円　みなと銀行 公的資金援助額

旧兵庫銀行の業務を引き継いだ後に経営破綻したみどり銀行が、99年４月に第二地銀の阪神銀行と合併して「みなと銀行」となった。合併に際し預金保険機構による１兆560億円の巨額の公的資金援助が行われた。2000年7月、さくら銀行が子会社化した。

	リジェ買収	80
	砂漠化防止年間費用	1兆440
＋	おつり	40
		1兆560 億円

リジェ買収　80億円

これまで４度のワールドチャンピオンに輝いた元F1ドライバー、アラン・プロストは97年、リジェチームを買収、プロストグランプリを設立してF1に参戦した。このように自分の名前を冠したF1チームを持つことも可能なのだ。

砂漠化防止年間費用　1兆440億円

過剰な放牧、薪の採取、不適切な灌漑などによって引き起こされる砂漠化が深刻化している。その範囲は地球の陸地の４分の１にあたる3600万平方メートルに及び、世界人口の６分の１の９億人が食糧難などの直接的影響を受けているという。98年、136カ国が「砂漠化防止条約」を締結。それによると砂漠化防止のために必要な資金は全世界で年間87億ドルだという。「全地球」の砂漠化を防ぐための費用が、1兆440億円！

1兆340億円　木津信用組合 資金贈与額

96年8月に経営破綻。預金保険機構は、木津信組の業務を引き継いだ整理回収銀行に対し、1兆340億円の資金贈与を行った。

	クラウディア・シーファー	7.2
	セレンゲティ国立公園	1080
	ボルドーのワイナリー	13
	マグロウヒル社	8400
+	おつり	839.8
		1兆0340億円

クラウディア・シーファー年間契約
7億2000万円

金額は彼女が米大手化粧品会社とかわしたモデル史上最高額の契約金。これで世界がひれ伏す美の化身、スーパーモデルを独占使用することができる。ただし身請け費用とはちょっと違うので、ヒザに座らせようなどと思ったら、たぶん別料金が必要になる。でも、食事くらいはしてくれるはずだ。彼女を連れて、西麻布のイタリアンに行けば、相当注目されるはずです。

セレンゲティ国立公園
1080億円

アフリカ・タンザニアに広がる“野生の王国”。同国にとってはキリマンジャロとならぶ観光資源。そこでタンザニア連合共和国の国家予算（約9億ドル）金額を拠出。1年間私営公園とさせてもらい、究極のアウトドアを楽しむ。

ボルドーのワイナリー　13億円

日本の酒類総合メーカーがボルドー地区のあるワイナリーを買収したときの金額から。オーナーとして自分の名前を冠したワインを造る、なんてこともできるかもしれないが、そんなバカなことをしてもフランス人からの尊敬は得られないだろう。

マグロウヒル社　8400億円

アメリカ大手の出版社で、情報出版のリーディングカンパニーとして注目を集めている。膨大な情報のストックを利用できるのはもちろん、逆に日本の出版物が英訳されてアメリカの本屋にならぶ可能性も。ただしそのときは日本の物書きたちは「世界市場」にさらされることになるが。

667億円　東京協和・安全信用組合 不良債権譲渡額

94年末に、東京協和、安全の都内の二信組の経営行き詰まりが表面化。乱脈融資が原因。95年３月、現在のような整理回収機構がなかったため、東京都信用組合協会（都信協）が不良債権を667億円で譲り受け、債権回収にあたっている。

	「美女と野獣」１０本分	420
	火星探査機	186
	ジョン・リード	55.2
＋	おつり	5.8
		667億円

「美女と野獣」制作費10本分
420億円

91年に製作されたディズニー社のアニメーション映画。制作費は3500万ドル（42億円）で、アニメ史上最高額だった。その後制作された一連のディズニーアニメも予算規模はほぼ同様。いずれも着実にヒットし、同社の映画部門を支えている。

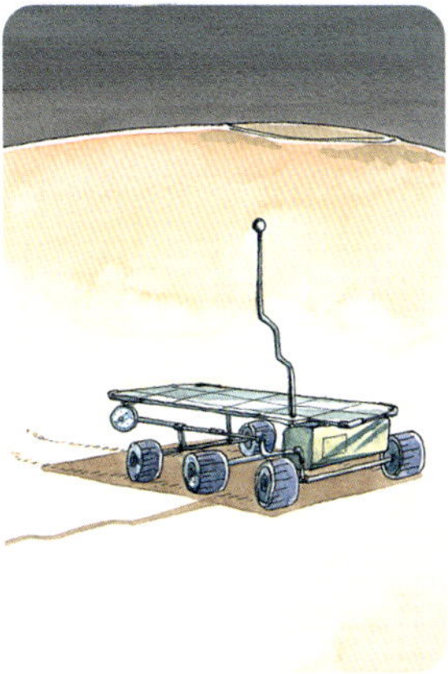

火星探査機　186億円

ＮＡＳＡ（アメリカ航空宇宙局）が進める火星探査10年計画の先鞭をつける探査機マーズ・パス・ファインダーは97年７月火星に着陸。小型探査車ソジャーナとともに約20億年前の洪水の痕跡や岩石の組成などを明らかにした。ただし個人で購入しても、無人探査機として作られているので、バギーがわりに九十九里浜を走らせることはできません。

ジョン・リード（シティコープ会長）55億2000万円

80年代には崩壊しかけていた巨大銀行シティバンクを見事に立て直したジョン・リードの推定年収。その手腕を買って、金融再生委員会のメンバーにすえたり、巡回コーチとして日本の金融機関を見て回ってもらったりしてもらおう。

1700億円　コスモ信用組合 債務超過額

95年８月、コスモ信用組合が経営破綻した。都内最大の信用組合だった。95年３月期決算では、当期利益１億5400万円と発表していたが、都の調査によれば、この時点で1700億円の債務超過に陥っていた。

	アンコールワット修復	1200
	シュワルツェネッガー	30
	サイ保護10年分	240
+	おつり	230
		1700億円

アンコールワット修復
1200億円

カンボジア北部の密林地帯にある12世紀に建立された寺院遺跡、アンコールワット。戦乱などによる傷みは激しく、修復は急務となっている。放っておけば土に帰すことになるこの遺跡、小さな建造物をひとつ修復するのに12億円かかるという。およそ100の建造物からなるアンコールワットをすべて修復するならば、計1200億円ということになる。

アーノルド・シュワルツェネッガー
30億円

ハリウッドで作品1本あたり最も高額なギャラをとる男優。映画「バットマン&ロビン」の出演料が2500万ドルだった。そういえば、この俳優の出入国証明を隠し持っていた政治家がいた。あの人も、30億円ほどの賄賂で手に入れて、出演契約ができていたら、そんな紙切れではなくて、握手くらいはできたのに。

10年間のサイ保護対策資金
240億円

角が漢方薬の原料として珍重されるサイは、ワシントン条約で国際取引禁止となっているにもかかわらず、密猟と密貿易が横行。個体数は約1万。この20年間で85%も減少した。アフリカ南部のジンバブエ政府はサイの生息地保護や密猟対策に年2000万ドル必要としている。種としてのサイの命運は年2000万ドルの資金にかかっている。

3736億円　三洋証券 負債総額

証券準大手の三洋証券は、97年11月、証券会社初の会社更生法の適用申請で倒産。負債総額は3736億円。

	デニス・ロッドマン	1.2
	テニス4大トーナメント賞金総額	50
	電線地中化	3500
＋	おつり	184.8
		3736億円

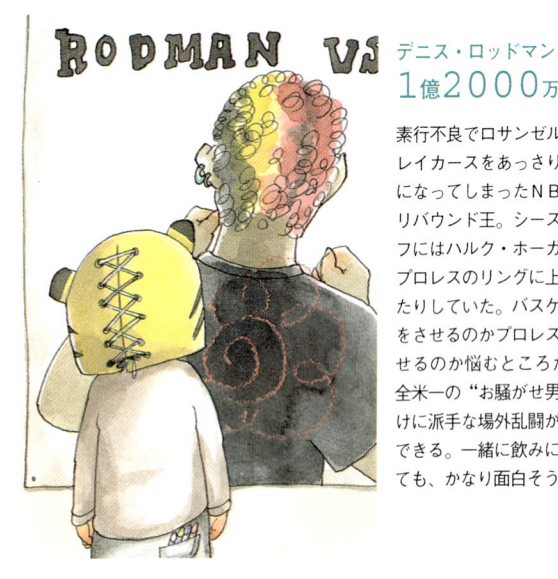

デニス・ロッドマン
1億2000万円

素行不良でロサンゼルス・レイカースをあっさりクビになってしまったＮＢＡのリバウンド王。シーズンオフにはハルク・ホーガンとプロレスのリングに上がったりしていた。バスケットをさせるのかプロレスをさせるのか悩むところだが、全米一の“お騒がせ男”だけに派手な場外乱闘が期待できる。一緒に飲みに行っても、かなり面白そう。

テニス4大トーナメント賞金総額
50億円

伝統を誇る4大トーナメントの賞金総額は、全米オープン約17億円、全英オープン約14億円など、しめて50億円（98年）。これをサポートする代わりに、ふだんは厳重に管理されているそれぞれのセンターコートかナンバーワン・コートを1日だけ自由に使わせてもらう。いくたの名勝負が行われたウィンブルドンもまるで自分の庭のよう。

電線地中化
3500億円

都市の市街化区域の総面積に対し、電線が地下埋設化された区域の面積の割合を示す「無電柱率」。ロンドンやパリが100％なのに対して、日本の無電柱率は全国平均でわずか1.14％（無電柱の道路の総延長は約2016キロ）。電線の地中化は景観を損なわないだけでなく、例えば阪神大震災では、地中化された電線は地上の電線よりも損傷が少ないという報告もある。都市部の道路1000キロの電線を埋めるのに、約3500億円かかる。

1853億円　日産生命 債務超過額

バブル期に5.5%など高い予定利率の年金保険を大量販売したことなどが原因で、破綻。97年3月期決算における債務超過は1853億円。大蔵省（現・財務省）は97年４月、生保初の業務停止命令に踏み切った。

グレートバリアリーフ保護	480
ヘビー級タイトルマッチ	36
Jビレッジ	1300
＋ おつり	37
	1853 億円

グレートバリアリーフ保護1年分
480億円

世界遺産の珊瑚礁、オーストラリアのグレートバリアリーフは、深刻な状況にある。海水温度の上昇により、白化→死滅という道筋を辿っているのだ。98年の調査では、クイーンズランド州グラッドストーン沖、ヘロン島で珊瑚の80%の白化現象が確認され、そのうち20%に死滅の可能性があるとされた。地球温暖化の影響をいち早く受ける珊瑚礁の死滅は、オーストラリアだけの問題ではない。グレートバリアリーフ海洋公園局など関係機関の年間総予算は６億豪ドル。

ボクシング世界ヘビー級タイトルマッチをプロモート

36億円

99年３月14日にニューヨーク・マジソンスクエアガーデンで行われた、WBA・IBF王者イベンター・ホリフィールド（米）と、WBC王者レノックス・ルイス（英）のヘビー級王座統一戦のファイトマネー合計額が3000万ドル（約36億円）。これ以外に興行のための経費として会場費、宣伝費、人件費などが必要だがこれらは衛星放送やケーブルテレビ、ペイパービューなどの放送権料でまかなうことが可能。

Ｊビレッジクラスの施設を10カ所に建設　1300億円

総敷地面積49ヘクタール、天然芝のピッチ10面、5000人収容スタジアム、雨天練習場、宿泊施設などからなるトレーニングセンター「Ｊビレッジ」。総工費130億円は、福島・原子力発電所の見返りとして東京電力が全額負担した。ちなみに98年W杯では、88年からナショナルトレーニングセンターを持つ地元フランスが優勝、若年層の教育の成果だといわれた。とりあえず芝のグラウンドで練習することすらままならない日本の現状から考えると、全国に同様の施設があと10カ所必要か。

2兆4443億円　日本リース 負債総額

日本長期信用銀行の関連ノンバンク、日本リースは、98年９月倒産。負債総額は２兆4443億円。63年に日本初の総合リース会社として設立。バブル期に長銀の「別働隊」として本業外の貸し出し事業に傾斜し、多額の不良債権を抱えた。

豪華客船３隻	1386
スパイ衛星搭載ロケット	1200
人口爆発の抑止	2兆1600
＋ おつり	257
	2兆4443億円

世界最大の豪華客船３隻
1386億円

94年、海運会社ペニンシュラ・アンド・オリエンタル・スチーム・ナビゲーションが発注した世界最大の客船の総工費は462億円。完成後はカリブ海周遊に使われるという。これを３隻ほど購入、太平洋に浮かべておく。これまで縁がなかった豪華客船の旅が、日本人にも身近な存在になるだろう。維持費はだいぶかかるだろうが、個人で所有して、世界一周することをイメージすると楽しい。

スパイ衛星搭載ロケット 1200億円

前クリントン米政権の認可を得て、米衛星調査会社が計画していた世界初の商業用スパイ衛星「アーリーバード1号」の打ち上げが97年12月に成功、米政府などが独占していた宇宙からの監視データを国際市場に提供する試みとして注目を浴びている。搭載しているカメラの解像度は地上のトラックと乗用車の違いを見分けるとか。スパイはもちろん、資源探査や災害救援にも威力を発揮する。

人口爆発の抑止 2兆1600億円

安全なセックスをして、希望する数の子供を産む。この当然ともいうべき権利を「リプロダクティブ・ライツ」という。この権利と条件が満たされない国が多いことが、今日の人口爆発を生む一因となっている。このままのペースで人口が増えれば、2020年には100億人を突破するという予測もある。そこで今注目されているのが、教育や環境の整備などの面から人口爆発を抑止する家族計画「リプロダクティブ・ヘルス」。世界銀行の計算では、これを遂行するための総費用は年間90億ドルだ。2年間分の金額は日本円で2兆1600億円となる。

5110億円　東海興業 負債総額

住専の大口融資先であったゼネコン、東海興業は、97年７月、東京地裁に会社更生法の適用を申請。負債総額は5110億円。初の上場しているゼネコンの経営破綻となった。

	ストーンズ世界ツアー	68.4
	ネットスケープ	5040
＋	おつり	1.6
		5110億円

ローリング・ストーンズ ワールドツアー

68億4000万円

スポンサーになれば間違いなく全ライブを最前列で見られる。もしかしたら演奏曲の選択や曲順にも口を出せるかもしれない。さらにひょっとしたらリハーサルでキース・リチャードのギターをバックに歌わせてもらえるかもしれない。ただし金額はストーンズへのギャランティだけ。ツアーの総製作費はとてもこんなもんじゃきかないだろうが、ストーンズならチケット収入で絶対ペイできちゃうのだ。

ネットスケープ・コミュニケーションズ
5040億円

米コンピュータ・インターネット関連会社でインターネット最大手のＡＯＬ（アメリカ・オンライン）による買収は99年春に完了した。ＡＯＬはインターネット閲覧ソフト「ナビゲーター」を開発した同社を傘下に置くことで、牙城マイクロソフトに対抗する構え。

1700億円　多田建設 負債総額

中堅ゼネコン、多田建設は、97年7月、東京地裁に会社更生法の適用を申請した。負債総額は1700億円。首都圏を中心にマンション施工を展開していたが、土地の値下がりで含み損を抱えるなどし、経営不振に陥った。

英国ロイヤル・オペラ復興	1500
敦煌修復	81
アイバンク・コーディネーター	100
＋ おつり	19
	1700億円

英国ロイヤル・オペラ復興
1500億円

1858年に建てられた世界のオペラ、バレエの殿堂。97年7月から2年間の予定で閉鎖してエアコンの導入や、大道具の出し入れの機械化などの修築をすることとなったが、貴族や富裕寄付者に過剰に依存した運営をしてきた結果、赤字が急速に深刻化。すでに40億円の債務を背負っている。99年度の公演もすべて中止になるとみられており、合唱団員、バレエ団員のリストラ対象者のケアを含め、合計すると約1500億円が必要とされている。

敦煌修復　81億円

シルクロードの要衝の地にある砂漠の大画廊、「敦煌莫高窟」。ここには、北涼・北魏の時代から元の間にかけての壁画が、500あまりの洞窟にびっしりと描かれている。その規模、約45万平方メートル。保存状態が悪いため、現在、日本の国際文化財保存修復協力センターが中心になって修復のための調査が行われているが、その修復費用は81億円と見込まれている。シルクロードを心の故郷のように思う日本人は多い。別にシルクロードが日本のために造られたわけではないのだが、遥か昔にローマまでつながっていた「交通路」にロマンを感じてしまうのだろう。自ら修復に携わることができれば、ロマンが現実に近づくかもしれない。

アイバンク・コーディネーター 100億円

日本には角膜移植で視力をとり戻す事ができる人が２万5000人。その中で角膜移植待機者は5600人といわれている。しかし年間の手術は米国の30分の1の2000件に過ぎず、献眼者はアイバンク登録者の0.1以下。登録者を増やすことはもちろん必要だが、移植の際に必要なコーディネーターを全国50カ所のアイバンクに配すなど、システムの拡充が急務だ。単純に100人のコーディネーターを雇用するだけなら10億円ほどの費用ですむ。10年間で100億円。

1569億円　東京都新庁舎建設費用

バブル最盛期の88年から3年の歳月をかけて造られた巨大建造物・東京都庁。総工費は1569億円。

	マクラーレン	800
	ベル・モデル5機	48
	ボリビア産コカイン1年分破棄	700
＋	おつり	21
		1569 億円

マクラーレン　800億円

フェラーリに次ぐ歴代2位の勝利数を誇り、過去8回のチャンピオンに輝く英国の名門F1チーム。スーパーライセンスがなければ運転できないのがF1。でもマクラーレンは二人乗りのF1マシン（ドライバーの後ろに助手席がある）を持っているので、それに乗せてもらう。現在のエースドライバー、ミカ・ハッキネン運転による世界最速のジェットコースター体験だ。

ベル・モデル５機　(ヘリ仕様が特徴の小型ビジネス機)

４８億円

主翼両端にエンジンを装備して、そのエンジン（プロペラ）の向きを変えることによって垂直離陸や、ホバリングができるティルト・ローター方式のビジネス機。ヘリコプターの機動性を持ちつつ、巡航飛行では同級のヘリコプターに対して２倍の速度と２倍の航続距離を持つという利点がある。96年に開発製造に着手し、2003年以降に実用段階に入る予定。機内には標準で７座席、最大10座席をもうけることができる。機体価格は800万～1000万ドル。

ボリビア産コカイン1年分破棄

700億円

アメリカ国内での年間麻薬取引額は1100億ドル。これに対して米政府は100億ドルの対策費をつぎ込み、いたちごっこが続いている。このアメリカに流れ込んでくるコカインの大半はボリビアやペルー産。背景にはコカを栽培せざるを得ない原産国の農民の貧困があるが、実際にボリビアにもたらされているコカイン収入は４～６億ドルにすぎない。それならコロンビアのカルテルなどが手を出す前に同じ金額で買い上げてしまえばいい。これを20年続ければ、コカイン禍はなくなるかもしれない。将来インディペンデントのヘッジファンドなどで大儲けするつもりの若い金融マンのあなた、実行すればノーベル平和賞も夢ではありませんよ。

1800億円　苫小牧東部大規模工業団地 負債額

3500億円を超える資金を投じ日本初の巨大コンビナートを目指したが、進出企業がほとんどなく98年に事実上破綻。北海道や苫小牧市、民間金融機関などが出資する第3セクターは形式上残ったが、負債1800億円を返済できる見込みはない。

	スピルバーグ	1 .8
	NYヤンキース	720
	マイケル・アイズナー	700
+	おつり	378 .2
		1800 億円

スピルバーグ、プライベートビデオ制作 1億8000千万円

この人の場合、低予算でもそれなりに仕事をしてしまうから立派。アメリカで制作されたテレビシリーズ「シークエストDSV」（全22話）を手がけた際の予算は、1話平均150万ドルにすぎない。子供の運動会の撮影・編集であればこの金額で十分のハズだ。スピルバーグに子供の運動会を撮影してもらえば日本の父親の権威も復活するかもしれない、というのはもちろん冗談である。

ニューヨーク・
ヤンキース買収
720億円

ベーブ・ルースが在籍していたことでも知られ、アメリカ・メジャーリーグ一の伝統を誇る人気野球チームが、98年11月、大リーグ史上最高額で売却された。買ったのは地元ＮＹの放送局ケーブル・ビジョンシステム社。買収できたあかつきには、日本シリーズ王者は必ず渡米し、このチームと戦うことにしよう。

マイケル・アイズナー
（ディズニーCEO）
700億円

米国ビジネスニュース誌によると、98年のアメリカ所得番付堂々の1位。直接の給与とボーナス、ストックオプション（自社株を一定価格で購入する権利）などを合算したもので、さすがにアメリカでも「もらいすぎ」の声がしきりとか。

3120億円　住友商事銅不正取引損失額

96年に発覚した住友商事の元非鉄金属部長による銅の不正取引事件。26億ドル（3120億円）もの損失を出した。10年以上にわたって元部長が巨額の不正取引をしていたにもかかわらず、会社側が管理・監視できていなかったとして、株主から総額2400億円の賠償請求をされている。

ティファニー社	2250
世界中の子供にワクチンを	300
ナパのワイナリー	14
ルワンダにマラリア用蚊帳を送る	45
＋　おつり	511
	3120億円

ティファニー社　2250億円

99年1月、三越は日本での販売権の代わりに持っていた米高級宝飾専門店ティファニーの株を売却した。その427万株（発行済み株式の約12％）のお値段は270億円。どうせ買い戻すなら販売権などとケチなことは言わず、100％を取得してオーナーになってしまう。リングに恋人の名前を入れるどころか、恋人の名前をつけたリングも売り出せる。中途半端で、コンプレックスが丸見えだから、日本人のブランド信仰は終わることがないのだ。ティファニーを自分のものにしてしまう、みたいな感じで、日本のこれからの成金には志を高く持ってもらいたい。

世界中の子供にワクチンを（5回分） 300億円

WHO（世界保健機関）の推計では、ポリオ（小児麻痺）発病者はアジアを中心に約10万人（94年度）。そのほとんどが5歳未満の幼児だ。このポリオを含め、はしか、破傷風、結核、百日咳、ジフテリアは、混合ワクチンさえあれば防ぐことができる。費用的にはわずか2000円で40人分の混合ワクチンをまかなうことができる。NGO「“世界の子供にワクチンを”日本委員会」は「2000年までに全世界で300億円が必要」としている。

ナパ・バレーのワイナリー 14億円

日本のメーカーが、あるカリフォルニアのワイナリーを購入したときの金額。さんさんと輝くナパの陽光のもと、樽出しのワインを心ゆくまで味わうことにしよう。

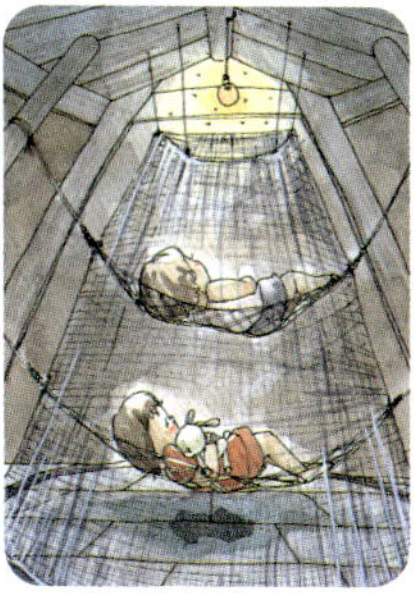

ルワンダにマラリア防止の蚊帳提供 45億円

マラリアの感染を防止するうえで意外に効果を発揮するのが蚊帳。だがたとえばアフリカのルワンダでは、年収5000～6000円に対して、蚊帳は1500円。必要な家庭すべてに蚊帳を供給するとしたら、45億円が必要だ。

対　談
村上 龍×植草一秀（エコノミスト）

公的資金が注入された理由

村上　この何年か、新聞にもテレビにも「兆」という金額が毎日のように出てきて、もう誰も驚かなくなりました。でもそれがいったいどれくらいの大きさなのかを、感覚的につかめる人は皆無に近いと思います。実は最近、終戦直後に出された第一回目の経済白書を読みました。その中で筆者の都留重人さんが、日本の経済がどれだけ大変な状況に置かれているか、国民ひとりひとりが自分の家の家計を把握するように知っておかなければならないということを切々と訴えていて、少々感動したのです。もちろん現在の経済は当時より質的にも量的にもはるかに複雑化していて、それを家計のように把握するのは難しいのかもしれないけれど、ふだん我々が何となく話題にしているバブルとか不良債権とはどんなものなのか、わかりやすく示す必要があると思うのです。たとえば7兆4600億円の公的資金が大手15行に導入されましたが、果たしてこれはどういうお金なのか。植草さんはこれで不良債権問題が終わったわけではないと警鐘を鳴らす発言をされていますが、そのあたりから話を伺わせてください。

植草　バブルの崩壊が始まったのは90年の年初で、99年の年末でちょうど10周年になります。この間の株価や地価を見ると、大雑把に言ってピークの３分の１になっていて、これがゴルフの会員権などになるとピークの10分の１ぐらいになっている。まさに数字で言われてもピンときませんが、時価総額にすると1200兆円から1400兆円の減少が生じています。問題は価格が高いときに借金をして資産を購入した人で、資産価値が３分の１になったのに借金はそのまま残っているのでこれでは破綻します。単に借り手が破綻するだけではなくて、貸した側も損失の処理をしなければならなくなる。こうした問題が広がる中で、今一番大きな問題は、金融機関の破綻が表面化してきたことです。

日本ではすでに大手金融機関が３行破綻しましたが、99年から2000年にかけての危惧は、第４、第５の破綻が生じるかもしれないというリスクが生まれていることです。こういう大手の金融機関は共同して大手の企業を支えてきました。大手金融機関が軒並み倒れるようなことがあると、いよいよ大手企業も破綻せざるを得なくなります。こうして連鎖的に倒産が広がっていくのが、一般的に定義される恐慌という状態だと思いますが、そこに突入するすれすれのところまで来たということです。

公的資金を入れたのも、そうしないと第４、第５の大手銀行の破綻が起こる可能性が濃厚になってきたからです。とりあえずお金を入れたことで、今は一種のモルヒネが効いて熱がすっと引いた状態ではありますが、病気そのものはまだ残っているんです。せいぜい高熱によるショック死は防いだ、といったところだと思います。ところが、これはいつものことなのですが、症状が少し収まると、すぐ治った気になって、本来なら本当の意味での病気の治療に専念しなければならないのにそれをおろそかにしてしまう。薬が切れたらまた症状はぶり返してきます。

村上　そういう認識というのはメディアの側にも一般国民の側にも薄いですね。

植草　金融機関というのは業務活動を行ううえで様々な規制をかけられています。ＢＩＳ（国際決済銀行）規制にしろ、格付機関による格付にしろ、日本から見れば異論はあるかもしれないし、それが良いか悪いか、手直しすべきかどうかはまた別に議論するにしても、国際的にプレーをするためのルールはこれでいこうという合意をしているのだから、それに則ってプレーをしなければならない。たとえば国際業務をする銀行の場合、自己資本比率が８％ないといけないわけです。ところが自己資本比率がどんどんと下がっていき、８％を欠く状態になって、銀行によっては実質的には債務超過になっているところがあるんです。債務超過というのは言い方を変えれば破綻です。それを公的資金でカバーしたというのが実情です。

ここでの問題は、表向きは健全銀行への資本注入ということになっていることです。実態としては公的資金の注入は、放っておくと銀行が倒れてしまうのでそれを救ったという、ひと言でいえば銀行救済の意味が極めて強いのに、表向きの理由は、健全な銀行にお金を入れてそこから中小企業に融資が回るようにするためという、いわゆる貸し渋り対策ということになっている。建前と真実に決定的な違いがあるんですね。本当に銀行に問題がなく健全銀行ならこんなに大騒ぎする必要もないのです。実態は明らかにせず、銀行の責任を問うことなくお金を入れて、処理しようとしている。

だから一部の当事者は事態の深刻さを十分理解しているけれど、一般的にはそれほど危機感がないのでしょう。もちろん日本人の生活水準が全体としては非常に高いこともあると思います。失業率は上がっているとはいえ、明日の食べ物にも苦しんでいる人が巷にあふれているわけではない。生命の危機に直面していないことも危機意識を低下させている理由のひとつだと思います。

ただ金融の恐ろしさというのは、ある日突然問題が表面化して、混乱が広がることなんですね。その瞬間までは日常生活には何の問題も生じない。今の日本も非常に弛緩した状態で、いったいどこに問題があるというんだ、という空気に依然として支配されてる気がします。

不良債権処理はなぜ遅れたのか

村上　アメリカの大恐慌のときも昭和恐慌のときも、その前はのほほんとしてたようですね。バブルが崩壊した後金融危機になるということは、たとえばスカンジナビア諸国にも起きているのですが、日本のように長引かせないで立ち直ったと言われています。このあたりの事情を説明してもらえませんか。

植草　世界的に見ると大型のバブルというのは100年に１度くらいのペースで起きていて、20世紀の大恐慌の前には、18世紀のオランダのチューリップ相場のバブルや、19世紀イギリスの“サウスシー・バブル”と言われる株価の暴騰と暴落がありました。今回の日本の場合も、これらに匹敵する大型のバブルだったと言えるかもしれません。

ガルブレイスが「バブルの物語」の中でわかりやすく説明してるのですが、バブルが発生するときには必ず二つの状況が観察されます。ひとつは価格上昇の神話が生まれること。日本でも80年代後半、株と土地、ゴルフの会員権、絵画などは買えば上がるという神話が広がりました。そういう社会全体の熱狂的信仰が存在するなかで、金融が何らかの形で支援するというのが二つ目の条件です。数理的に複雑な形をとってはいても、突き詰めれば、株などを買うための資金が必ず大量に用意される。このときバブルが生まれるのです。

バブルというのは、実態の価格からかけ離れて値段が上がることを意味していますから、どこかで必ずはじけます。はじけたときには一気に急落するので、それで混乱が広がるわけです。当然、当事者はかなり厳しい状況に直面することになります。最近で言うと北欧のフィンランド、ノルウェー、スウェーデンなどが金融危機に直面したし、少し前にはイギリスでも同じことが起きています。
ところでバブルが崩壊したときの事後処理にあたって考えなければいけないことが二つあります。一つは金融恐慌のような状態が広がれば国民経済全体に非常に大きなマイナスを与えるので、まずパニックの発生を防ぐことです。今回の公的資金注入などもそういった意味合いが強いわけです。で、もう一つ重要な柱があります。それは責任問題については適正に処理をするということです。自己責任原則という言葉がありますが、たとえばバブルのころにお金を借りて何かを買った人は、それが他人に強制されたのでなければ最終的な判断は自分でしたのだから、問題が生じたときには、その責任は自分でとらなければならないということです。
責任のとり方にもいろいろなルールがあります。違法行為をしていれば法律で処分されるし、合法的でも破綻をすれば、破産や倒産といった処理の仕方があるわけです。簡単に言えばそのときの社会のルールに従って処理をする。これが正常に行われれば、問題はそれ以上のものではないのです。逆にその責任処理の部分を曖昧にして、問題がある人を助けてしまうと何が起きるか。バブルに自分が参加するかどうかを考えたとき、参加して得られる成果は自分のものになるけれど、その後失敗して損失が生じたときには政府が面倒を見てくれるということになると、期待値としてはプラスのほうが大きいですよね。次のバブルのときにもこれに乗ろうという傾向が助長されてしまいます。
北欧も、それから90年代に入ってＳ＆Ｌ問題が表面化したアメリカもどうやって処理をしたかというと、確かにパニックは防がなければならないけれども、当事者の責任の処理を非常に重視しました。というのもパニックを防ぐには国民全体の負担が必要なんです。ほとんど責任のない国民の資金を投入して全体を守ることになるのだから、それで責任ある者まで救済しては国民の納得は得られないからです。

日本の金融問題の処理はこれまでパニック防止の一本槍でした。本当は金融機関の責任ももう少し厳格に問われなければいけないし、バブルに踊った企業の経営責任も問われなければいけないところを、公的資金で銀行を救済し、入ったお金でたとえばゼネコンの債権放棄をして、その経営責任を問わないまま救済するのであれば、これは諸外国ではほとんど類例のない処理になってしまいます。

アメリカでは公的資金を入れるかわりに関係者の責任を徹底的に追及して、数千人が有罪判決を受けて監獄に送り込まれました。アメリカの場合、貯蓄貸付組合の経営者の中にかなりいかがわしいことをしていた人が多かったのも事実です。金融機関を使って自分のポケットにお金を入れるようなことが横行していて、それを漏れることなく把握して厳正に処理しようとしました。日本の場合、刑事罰の対象になる人の数はずっと少ないと思いますが、それにしてもガス抜きのために一部の生贄をつくって、全体で100の当事者がいるとすれば2、3を告発したり逮捕したりという処理で終わっている。

責任処理が甘いために国民の同意もなかなか得られないでいる。法案を国会に出すのも遅れるし、国会でも論議が紛糾します。アメリカは89年にそういう法律をつくって処理を開始しましたが、日本は金融問題処理のための法律が成立したのが98年だとして９年遅れてしまった。日本の金融問題はアメリカから２年遅れて発生したから、問題処理では７年遅れてしまったということですね。

村上　責任問題をはっきりさせなかったことや、パニックを抑えることに政策が偏ってしまったことが、バブル崩壊後の不良債権の処理にこれだけ手間取った理由ということですか。

植草　株価で言うと89年に3万9000円台だったのが92年に１万4000

円台まで下がっていますが、このころいったん金融問題が表面化しています。当時住専問題を抜本処理すべきだとか、公的資金の導入も検討せざるを得ないという意見が出たのですが、結局ほとんど何の処理もしないで、住専などに農林系の金融機関の資金を投入してもらって温存させました。次に株価が１万4000円台に入るのが95年で、ここでまた問題が表面化するのですが、このときも景気対策などを打って何とかしのいだ。結局97年に増税をして三たび株が暴落し、今回の抜き差しならぬところに来たわけですが、経済政策のまずさの問題を脇に置いて、金融問題の処理について言えば事実を隠し、問題を先送りにし、どうにもならなくなったらその場だけを繕うということをずっとやってきたんです。こうした問題対処の基本姿勢にまず問題があった。たとえば97年というのは、11月に金融火山が噴火をした年ですが、この年の半ばまで、当時の三塚大蔵大臣は、金融問題は峠を越えたと言っていました。3月までは日本の不良債権は20兆円、30兆円だと言っていた。ところが秋になって問題が表面化すると、問題を処理した後にまだ80兆円の不良債権があるという話になったんです

運営能力を失った政治

植草　もう一つの問題は、日本経済は92年以降厳しい状況を続けているわけですが、この間、景気を順調な軌道に乗せなければならない政府の政策が失敗をし続けていることです。日本は91年の４月くらいから不況に入ったのですが、宮沢元総理が不況を認めたのが10カ月遅れの92年2月。そして92年３月に最初の景気対策を打つんですが、実際そこには内容のあるものは何も盛り込まれなかった。その結果日本経済は一気に悪化していったんです。

その後減税などにより状態が少し良くなったのが94年。ところが

この年、日銀は景気が良くなったという判断で金融引締めに動くんです。まだ病み上がりの患者に医者がジョギングの指示を出し、病気を再発させることになりました。続いて96年というのは、日本は5%成長を実現しています。これは先進国でもっとも高い経済成長で、個人消費、住宅投資、設備投資すべてが良くなって、まさに長いトンネルを抜けてやっと軌道に乗ったのですが、その矢先に9兆円の増税というミサイルを発射して日本経済を撃墜してしまった。これはもう病み上がりの患者に寒中水泳を指示したようなものでした。

経済をある程度順調な軌道に乗せておけば、被害はずっと軽微で済んだのに、ちょっと良くなると、すぐに叩いて潰してしまう。こうした失敗の背後にあるものを考えると、経済政策の運営能力が失なわれていると言わざるを得ません。特に97年の増税などは大蔵省(現・財務省)が舵を切ったわけですが、そこには国民経済を軌道に乗せるにはどうしたらいいのかという発想と能力が欠落していて、1円でも税収を多くとりたいという、自己中心的で国民不在の対応しか見えてきません。

もしそういう意思決定の仕組みそのものに問題があるとすると、これは非常に根が深いですね。今後何かの拍子で経済が浮上することはあるかもしれないけれど、それは偶然そうなっただけで、本質的に国民の利益を中心にすえた意思決定がなされる体制が構築されていないのなら、近い将来、また混乱が生じることは十分あり得ます。こうした意味で、日本の経済政策が国民の利益を高めるために動くシステムになっていないという、まさにシステムそのものの問題が表面化しているのだと思います。

村上　それはシステムの問題と、政治家や官僚たちの能力やノウハウの不足という問題と、両方ありそうですね。僕はこうした議論を文化的な問題や民族的な問題に収斂させるのはあまり好きではないのですが、これまでも痛い目にはさんざん遭ってきたと思うんです。例えば日露戦争は本当はぎりぎりのところで勝っただけなのに軍部がそれを隠して、提灯行列か何かをやったあげく国民が好戦的になってしまってどんどん戦争に向かっていったことは歴史が証明しているし、第二次大戦中も大本営は勝ったことしか発表せず、それで焼け野原になってしまったということがあったわけですよね。そういう経験からきちんと学んでいれば、正直に言ったほうが事は早く解決に向かうということは、政治家も官僚もわかるはずだと思うんです。客観的に見ると、わかっていないことがむしろ異常ですよ。

植草　戦後、日本のシステムが変革されました。農地解放が実行され、労働組合がつくられ、財閥が解体され、いわゆる戦後民主化と呼ばれる措置が一気にとられました。しかし、そのなかで唯一温存されたのが官僚制度ですね。日本の改革を行う執行部隊として官僚機構が必要だというＧＨＱの判断があったのだと思いますが、アメリカにおける官僚というのはあくまでもパブリック・サーバントという位置づけですが、日本の場合は伝統的にお上と民という垂直の関係があって、その構造を断ち切ることなく官僚制度が残ってしまった。陸軍や内務省が解体され特に大蔵省の権力はより強化されたんですね。バブル崩壊後の一連の過程を見ると、ある意味では大蔵省が暴走し、その不適切な政策運営を、政権を含めて誰もコントロールしきれなかった。その点では第二次大戦の陸軍に相通じる部分があると思います。

金融機関に何が起きたのか

村上　さきほどバブルが発生する過程についてお話しいただきましたが、今度はその中身について伺いたいと思います。バブルの最中に、それは帳簿上の金額なのかもしれないけれど、ものすごいお金が発生したわけですね。僕がよくわからないのは、それで日本にどれだけのメリットが生じたのかということなんです。

植草　時価総額にするとバブルのピーク時から1200兆円から1400兆円が減ったという話をしましたが、厳密に言えば、あのお金はどこに行ったかという表現は正しくないんです。1200兆円というのはあくまで評価の話で、たとえばここに石ころが置いてあって、これは１円の石ころだと思っていたら、ある日みんなが来て、これは世界中どこにもない貴重な石だから100億円だと言われた。そういう評価も含んでの話なんです。評価が上がり始めた時期から下がった時期まで長い昼寝をしていた人にとってみれば、何もなかったのと同じです。評価が上がったときに様々な問題が出てくるのですが、最大の問題は、借金をして100億円の評価の石を買った人で、それが１円に戻れば、100億円の借金がそのまま残る。これが現在の不良債権です。

87年から90年にかけての４年間に、民間の、銀行と名のつく金融機関の融資残高というのは約100兆円増えているんです。融資残高全体が400兆円くらいでしたから、それが一気に20％増えた計算です。それ以外の、銀行と名のつかない金融機関のぶんを加えたり、バブル崩壊が始まってからも増えてきた融資のぶんを加えたりすると、広義のバブル期の融資残高の増加というのはだいたい200兆円くらいになります。このときどういう業種への融資が伸びたのかを見ると、不動産、建設、そしてノンバンクに限定されています。最終的にはほぼ100％、土地、株、ゴルフの会員権、絵画に流れてしまった。それがその後の９年間で下落を続け、ピーク時の３分の１という割合をあてはめると、200兆円が70兆円になって、130兆円の穴があいていることになります。もちろん全部をピーク時に買ったわけではないから、全体をならしてみて100兆円ほどの穴があいているのが現状だと考えることができます。これは自分の持っているものを持ち出して穴埋めができるような金額ではないので、借り手は実質的にはほとんど倒れてしまっている。その借り手が倒れたら貸し手も倒れるというのが、幾つか出始めているわけです。

銀行について言うと、最近は利益が増えているんです。90年ごろ、銀行の業務純益、つまり本業の利益というのは約２兆円だったのですが、今は平均すると年に約５兆円の利益が出ています。これはひとえに預金金利を下げているからで、95年に公定歩合を0.5%まで下げて以来、国が預金者にほとんど金利を払っていないんです。言い方を変えれば、預金者に課税をしてあがった税収を銀行に補助金として渡しているのと一緒で、ある意味では公的負担なんですね。この利益の５兆円が10年続くと、100兆円の穴のうち50兆円の穴埋めはできる計算ですが、それでもまだ50兆円足りません。そこで銀行は土地や株の含み益を当てて、すかすかの状態になっているのが現状です。

銀行が貸し出し債権を時価で整理をしたらさらに損が表面化します。たとえば100億円を貸した相手が土地を買って破綻したら、銀行はその土地を接収して市場で売ることになりますが、100億円だった土地の時価が30億円だとして、破綻後にこれを競売にかけるとさらにその半値くらいになってしまうんです。回収できるのは15億円で、85億円の損失が計上されることになる。ところが借り手企業がいちおう生きていることにして、100億円の不良債権も第Ⅱ分類にしておくと、80億円の価値があるものとして計算できるのです。20億円を損失のための引当金として計上すればいい。現在日本の不良債権処理において第Ⅱ分類債権が一番大きいのですが、たとえば20%の引当てを行ったらほとんどの銀行はアウトです。つまり第Ⅱ

分類債権の引当てにしてもかなり甘い。そういう損を表面化させないで、見かけ上はみんな生きているようにして、じっと固唾を飲んで見守っているのが今の状況です。嫌なものは見ないことにして、いつか事態が好転するのを待っている。

村上　それは景気が良くなるのを待つということですね。

植草　そうです。景気が軌道に乗っていくという見通しがはっきりすれば、外国からも資金が入って資産価格は上がっていく。そうすると問題処理は随分やりやすくなりますね。だから希望の光が消えてなくなったわけではないんです。

バブル崩壊の被害者

村上　バブルのときのことをちょっと振り返ってみると、個人的には収入が増えたわけではない。確かに金融機関のボーナスはすごいという話を聞いたり、僕らに近いところだと広告が多かったり、似たようなイベントがあちこちで行われていたりしたという記憶はあるんですが、そんなに良い目を見たわけではない。なぜこんなことを言うのかというと、国民がバブルの恩恵を受けてなにがしかでも潤い、耐久消費財を買えたり、海外旅行に行けたというのだったら少しは納得がいくんです。ひどい政治家や無能な官僚がいるのも国民の責任といえば国民の責任で、ある意味では仕方ないと思えるんですね。

植草　そこはフローとストックを分けて見なければいけないと思います。87年から90年にかけて、日本経済は５％成長を４年実現しています。経済成長というのは長い目で見ると生産能力によって規定されます。生産能力というのは、単純に言えばひとりあたりの生産量と働ける人数の掛け算で決まります。事後になって分析してみると、80年代の日本経済にはだいたい４％程度の成長能力があったんですね。それが実力だったのかもしれない。それが５％成長になっていたというのは、個人の資産が増えてぜいたくな暮らしをしたり、住宅投資がブームになったり、企業も物が売れるので設備投資を増やしていった結果です。企業の利益が増えれば従業員のボーナスも増えるし、所得の面でも潤ったというのはあるでしょう。たった１％と言っても経済全体では結構な大きさなので、かなりの活況を呈していたのは間違いない。

それが今度は不景気になった。92年から95年まで、日本経済は１％成長が４年続きました。成長能力自体が下がってきていることも考えなければなりませんが、それにしても１％というのはかなり低い数字です。給料の伸びも下がるし、失業率も少しずつ上がっていく。当然、バブルのころは羽振りが良くて１万円のフルコースを食べていたのに、3000円の居酒屋で済まそうというようなことはあると思います。ただ、フローの面の変化だけを考えたら、それぐらいの差でしかないんです。ささやかなものです。

今度はストックにかかわった人たちです。自分でお金を借りて投資をした。100億円で買ったらそれが30億円になって借金だけが残ってしまった。

村上　フルコースが居酒屋になったどころじゃないわけですね。

植草　ええ、一生働いたって返せるわけがない。そうなると後は開き直るしかないんです。実際バブル崩壊後、たくさん借りていればいるほど立場が強くなるという現象が起きました。困るのは銀行の側で、そんなに言うんだったら倒れてやるぞと言われると、とにかく融資はつなぐから待ってくれと頼むようになってしまった。最初は借金をした建設業や不動産業の人も結構青ざめてたんですよ。ところがある時期から元気を取り戻して、借金のことを忘れて週末になるとゴルフに行ったりするようになってしまった。

もちろん小規模なところには銀行も整理に入れるんです。特に中小企業の経営者は融資をつないでいく際に、個人保証を入れているんです。そういうところは破綻すると私有財産も何もなくなる。

国民をいくつかに分類することができると思うんです。一般的にフローだけでかかわった人は、ちょっと良い時代を味わい、今かなり悪い時代を生きている。ただ悪いほうは、今後失業率がさらに上がっていくとさらに悪化する可能性があります。ほとんど悪いことはしていないのに、会社が倒産して、住宅ローンが払えず、家を売り払っても債権放棄などしてくれないから一生かかってローンを返すというような、悲惨な例が出始めています。それから一部の零細企業でバブルにかかわった人は破綻に追い込まれています。中小企業の経営者が自殺をして保険金でお金を返すというようなことも起きている。ところが一方で大企業でストックにかかわった人たちはバブル時代、何十億円、何百億円の単位で恩恵を受けたのにもかかわらず、大変だ、大変だと言いながら、バブル崩壊後も存続が支えられ、最後は国民の資金で処理されるという図式ができあがりつつあります。彼らが受けた果実の反対側にある責任処理は完全に抜け落ちている。

1兆円というのはどのくらいのお金かというと、毎日100万円使って2700年かかるんですよ。10兆円で2万7000年です。60兆円などと簡単に言いますが、これを全部国民の負担で処理しようとしている。国民は経済を守るためならやむを得ないと思っているでしょうが、それで責任ある人が救済されるのは本末転倒な話です。でも実際は明らかにその方向に向かおうとしています。

村上　バブルのころは国全体が踊っていたというイメージがあって、いまさら無闇に怒っても仕方ないじゃないかと思ってましたが、だんだん許せないという感じがしてきました。

腐食した日本型システム

植草　基本は自己責任なんですよ。フローでかかわってもストックでかかわっても、自分で責任をとらなければならないのだけれど、それには前提があります。我々には自分でできることとできないことがあって、特に経済政策などというのは自分で決められることではないですよね。ところが政府は適切な経済運営をしていくということを前提に自分の行動を決めた人が非常な被害を受けている。バブル崩壊後の不況や資産価格下落の深刻さという問題は、別に必然的に一通りに決まっていたわけではないんですね。92年以降の対処のしかたによって不況の進行も違ったし、資産価格の下落の程度も違ったはずなんです。

もし97年にあんな増税をやらず、景気を軌道に乗せることに成功していたら、今年は景気拡大に入って４年目なんです。経済政策のせいで失業率が4.8%になったり、金融機関がつぶれたり、中小企業が追い込まれたのだとしたら、これは民間の側からすれば自己責任ではあるのですが、政治の責任、行政の責任というのもあるはずで、これについては一切お咎めなしなんです。もし大雨が降って川が氾濫して家が流されたのが国家損害賠償請求の対象になるんだったら、倒産して一家離散した人が同じ訴訟を起こしてもおかしくないほどだと思いますね。

村上　バブルの形成と崩壊を通じて、金融機関が破綻して日本の経済が持っている構造的な欠陥が明らかになったり、この不況で日本の非製造業がずっと抱えてきたある種の傲慢さのようなものがなくなったり、みんなが真剣に将来のことを考えるようになったりすれば、ネガティブではあっても日本の社会に貢献している部分もあるのではないかと思うんです。つまり日本がある種の学習をしたということなのですが、植草さんがおっしゃるように、それにしては犠牲が大きすぎますね。
植草　大きいバブルは100年に１度しか起きないと言いましたが、バブルがそれくらい強烈だとその教訓が残るということなんです。今回のバブルの過程で被害が比較的軽微だった金融機関というのは、一般的に昭和２年の金融恐慌で得た教訓を守ったからだと言われています。これが小さいバブルだとだいたい15年周期で起きているのですが、これはちょうど企業の世代交代のサイクルなんですね。バブルを経験して苦い思いを持っている人が中枢にいる間はバブルが起きにくいんです。そういう意味では日本全体で言えば、今回のバブルとその崩壊で相当頭を冷やされた。プラスというか、少し冷静な判断力をもたらした面はあるでしょう。
　問題はさきほども言ったように、その分配が不均等なことです。プラスの配分には大きな差があってしかもマイナスの配分に関してはプラスの配分が少なかった人に多くて、プラスの多かった人にはマイナスの配分が少ない構造があります。政治的に力を持っている人、一部の資産階級、大手の企業のところはうまく処理され、一般庶民にしわ寄せがいく。ここにきちっと光を当てれば大変な問題になると思います。
村上　政治家や官僚、一部の金融機関や大手の借り手の間に、互いに支え合っているという関係があるわけですね。
植草「越後屋、おまえも悪じゃのう」という図式が今の日本にはまだ残っているということです。
村上　今回の公的資金注入で、いちおうモルヒネを打ってショック死は防いだという話ですが、これでひょっとして景気が底を打ち、構造的な改革が進まないうちに、規制緩和もほどほどのうちに景気が回復していくのは良くないと言う人もいます。つまり政府も金融界も目が覚めないならハードランディングでもクラッシュによるランディングでもして、最初からシステムをつくり直す必要があるという意見ですね。僕にはすごく説得力があるように感じられるのですが、一方では目が覚めたのはいいけど、結局一番痛手を受けるのはそれこそ中小企業の人たちだったりするかもしれない。これについてはどう思われますか。

植草　いろいろな議論が錯綜していますが、先に私の意見を述べると、これ以上事態が深刻化すると、国民全体の受けるマイナスが非常に大きくなるのでそれは避けるべきだと思います。それにはある程度、景気を軌道に乗せる必要がある。その一方で、日本の企業が構造的な問題を抱えていることは私も否定しません。これについては、景気を支えながら５年くらいの時間をかけてしっかり改革をしていく。これが正しい選択のように思います。

ただ経済を救ってしまうと本当に必要な構造改革ができない、そのためにはショック療法としていったんクラッシュしたほうがいいという意見は確かにあって、これはある意味では正論です。私はこれも選択肢のひとつだと思います。それとは対極にある意見として、たとえば大蔵省（現・財務省）が利害を最優先して、景気対策を敬遠し、その結果として、別の有効でない政策が打ち出されることもあります。たとえば過剰雇用の解消というようなことにしても、聞こえは良いけれど要するに単なる解雇ですね。企業はある程度潤うかもしれないけれど、一般庶民に全部しわ寄せが来て、国も公務員も痛手は受けない。

もうひとつ、さきほど触れましたが、日本の意思決定システムに問題があって、その仕組みを変えるにはクラッシュが必要なのかという問題があります。今のままでいくと、クラッシュになりそうになるとそこだけ防波堤を築いて、延命していくかもしれない。変革をもたらすクラッシュも生じない。そんな気がします。

変化は起きるのか

村上　確かに最近になって急に三つの過剰というのが話題になっていますが、たとえば政府が民間に競争力をつけさせようという動きも、リストラを国家事業としてやらないと国民から不満が出るというような、うがった見方もできますね。

植草　三つの過剰というのは債務の過剰と設備の過剰、雇用の過剰ですが、設備に関しては税制などでそれを支援しようということで、驚くほどの政策ではないがそう悪くないと思います。借金については、企業はこれを棒引きにしてくれたらこんな嬉しいことはないという話ですが、銀行はそれはたまらないと言っており、全体としての実現可能性は低い。残ったのが雇用で、下手をすると政府が後ろ盾になってみんなで解雇をしましょうということになりかねない。私は雇用の流動化が重要だと思いますが、それは人々が安心して企業Aから企業Bへ移れる態勢をとってすすめるべき話で、日本の場合そこにセーフティネットがないんです。

一番大きいのが年金で、25年そこで働けば年金がもらえるとすると、23年務めている人は石にかじりついても辞められない。それと企業から受けているローン。これもその肩代わりがなければ転職はできません。もうひとつ、日本は年功賃金制度をとっていて、これも転職するうえでは割に合わない。そういった諸々の事情があって、日本では今も転職をプラスに位置づけられないシステムになっているんです。そういう転職市場の抜本的な改革をした上で過剰雇用の解消というならわかりますが、それもなしにとにかく解雇しましょうというのでは、当然景気にはマイナスになるし、国民不在の政策と言われても仕方ありません。

村上　問題は多いですね。

植草　多いですね。結局明治以来、いろいろな矛盾を解決せずに来たことが、制度疲労としてたまって、それが表面化しているのだと思います。ちょうどこの世紀末は、それらをもう一度議論して、新しいやり方を決めていく時期なんでしょう。ハードランディング・シナリオじゃないですが、何かショックがあって、それをきっかけに変わることができるのであれば、それはむだではないかもしれない。だらだらと今のままいっても、事態は本質的にはなかなか改善していかないような気がします。

村上　日本的な経済の進め方が、日本人の精神をつくったり、物の考え方をつくったりしている部分は多分にあると思うんです。僕は子供のころから付和雷同というのが嫌いで、集団が規制をしてくるようなことに馴染めないできました。だからどちらかと言えば今の不況というのも悪いものではないと感じる部分があって、特に既得権益がある人たちが規制にしがみついているのを見ると、ショックがあったほうがドラスティックに変われるのかなと思います。ただそのときに弱者が犠牲になる可能性もあるわけで、そのあたりの兼ね合いが難しいのでしょうが、こういう正解が簡単に出てこない問題のときに大切なのがメディアの役割だと思うんです。本来だったら専門家や政治家と一般の国民の間を結ぶのがメディアなのに、これがなかなかうまく機能していない。

植草　私も感じるのは、日本の言論空間というのが成熟していないということです。メディアが結論を決めてしまうようなところがあって、一色にされてしまうんですね。それで多くの国民は無意識のうちにそんなものかと思ってしまうんでしょうが、ある問題があるとすると、そこには常に最低二通りの意見があるのだと思います。それが併存しないというのは構造としては非常に危険で、一色になった意見が正しいかというとそんなことはない。

村上　じゃあどうすればいいんだということをみんな聞きたがるけれども、そう簡単に答えがわかるものではない。そういう意味ではたとえば小説家とエコノミストのように、異業種間の対話も大切なのかなと思っています。そして“わからない”ということに少しずつ慣れていくことが大切なんじゃないかと思います。

p r o f i l e

植草一秀（うえくさ・かずひで）野村総合研究所上席エコノミスト。1960年12月15日東京都生まれ。83年3月、東京大学経済学部経済学科卒。野村総合研究所経済調査部、大蔵省財政金融研究所研究官を経て、91年6月より京都大学助教授。93年6月より米国スタンフォード大学フーバー研究所客員フェロー。96年7月、野村総合研究所主任エコノミスト。99年4月より現職。日本経済新聞、週刊ダイヤモンドなど連載多数。

○ 用語解説

[公的資金の投入]

99年３月、都銀や信託銀行など大手15行に、総額７兆4592億円の公的資金による資本投入が実施された。資本投入は預金保険機構が整理回収銀行を通じて、各行の「優先株」や「劣後債」「劣後ローン」を買い上げる形で行われた。「優先株」とは一定期間の後に議決権のある普通株に転換される株式、「劣後債」「劣後ローン」は破綻したときに一般の債務より返済順位が低い無担保の社債、融資のことである。これにより各行は経営の支配権を譲らぬまま、低利の資金で自己資本を増強することが可能となった。これに合わせて各行それぞれの経営健全化計画が発表されたが、公的資金の返済に関しては、当期利益総額を2003年３月期に黒字化させたうえで順次開始し、５～12年後に完済する計画だという。ただし公的資金の返済期間等が法的に規定されていないため、体力の弱った銀行によっては返済がなし崩し的に滞ることも考えられる。新たに破綻行が出た場合のことも想定されていない。

◘ 経営健全化計画の全文は、金融再生委員会のホームページ（http://www.frc.go.jp）で見ることができます。

[債権放棄]

98年から99年にかけて、多額の債務を抱えていた一部ゼネコンなどの債権放棄、すなわち借金の棒引きが成立した。バブル期に肥大化したこれらの企業は、バブル崩壊後の地価下落によって過剰な保有資産が含み損となり、多額の有利子負債を背負うことになった。金融機関による債権放棄はこうしたゼネコン等を一時的に救済することになったが、依然として巨額の債務を抱える企業は多く、景気低迷のなか再建への道すじを示せないでいる。また債権放棄という手段自体についても、モラルハザードを生むという批判が経済界の中からも起きている。

[不良債権]

一般に金融機関の貸金のうち、元本、利息の回収が不能になったり延滞しているものを不良債権という。ただしその基準は揺れ動いており、99年３月期から適用されたいわゆる新基準では、取引先の財務状況をもとに債権を『破産更生債権』、『危険債権』、『要管理債権』、『正常債権』の4つに分類している。例えば従来は貸出先が債務超過でも利払いがあれば正常債権とされたが、新基準では不良となるなど、より実態を正しく把握できるようになった。その新基準による大手銀行17行の99年3月期不良債権額は、合計で20兆9000億円。不良債権の処理は急ピッチで進められていると言われているが、なかには処理を先送りしている銀行もあり、景気低迷を背景に新たに発生している不良債権もある。

[負債と債務超過]

銀行借入や社債支払い利息など、借用した資金のことを負債または債務という。この負債が膨らんだり、ほかに大きな損失があってその期の収益では追いつかなくなると当期利益は赤字になるが、ふつうは資本金や法定準備金の中から埋め合わせ、欠損金として計上することはない。ところが赤字が累積するなどで、欠損額が資本金や法定準備金などの合計を上回ってしまうと、その企業のすべての資産を処分しても負債を返済できない状態に陥る。この状態を債務超過という。金融機関の場合、債務超過に陥ると当局から第三者割当などによって自己資本を積み増してそれを解消するよう命じられ、それが不可能なら破綻処理されることになる。

[住専処理と一次損失]

多額の不良債権を抱えて破綻した住宅金融専門会社（住専）7社の資産は、96年に設立された「住宅金融債権管理機構」（住管機構）に受け継がれた。このとき不動産価格の下落などで発生した6兆4990億円の損失を一次損失という。負担割合は、住専の設立母体である金融機関が3兆5000億円、それ以外の金融機関が1兆7900億円、農林系金融機関が5300億円となった。そのほか、住専7社が抱えていた欠損見込み額を加えた6800億円は赤字国債によって穴埋めされた。住管機構（99年4月より整理回収機構）に譲渡された債権が結果的に回収不能に陥った場合には、今後さらに二次損失が発生することになる。

不良債権の処理の方法

バブルの崩壊で発生した不良債権はどのように処理されているのか。理論的にはある程度理解できても、現実のものとしてイメージするのはなかなか難しい。

借り手のほうはすでに現金化しやすい担保、たとえば預金や株式、債券などはほとんど処分しており、一番流動性の低い不動産が残っている、というのが現状である。したがって不良債権の処理は、担保である不動産を売り払い、債権者はその代金を受け取る、というのが基本となる。

このとき、従来の方法で担保が通常の売買か競売により売れるのを待つ、あるいは借り手の法的整理を待つしかなかったが、90年代初頭の不況のときにアメリカで生まれたバルクセールというやり方により、百億円、千億円単位の不良債権を塊として処理することができるようになった。

バルクセールのメリットはいくつか考えられる。まず債権者である金融機関のバランスシートからは不良債権が消える。そして利益が十分にある、もしくは増資があることが前提にはなるが、総資産が圧縮されたぶん、自己資本比率も上がるという効果がある。不良債権にかかわりあっている手間、暇、人といった経営資源をもっと前向きな分野に振り向けることもできるし、さらにキャッシュが一度に一括で入ってくるため、いつ回収できるかわからない金を待っているのに比べたら資金調達の点からも非常に効果が高いと言える。

外資系の金融機関がバルクセールで日本の土地を安く買いあさっているというようなニュースをよく聞くようになったが、正確にいえば現在買いの主役は金融機関というより、主として海外の投資家たちのようだ。たとえば投資信託などは大々的に新聞広告をうって大衆から金を集めるようなことをするが、今の段階では大手の投資銀行やファンドが、利回りはこのくらいになるというようなことを説明して、投資家に相対で（市場を介さずに）声をかけて資金を集めているのだそうだ。

それでは彼らは不良債権を買い集めてどのように利益を上げるのか。実際に売り手と買い手の間に入ってアドバイザーとしての役割を果たしているコンサルタントに、その仕組みを聞いてみた。

まず不良債権を買う側は、不動産そのものを買うのではなくて、貸付債権とそれに付随する抵当権を買う。そしてその抵当権の対象である不動産が、「いくら」で「いつ」売れるかを予想するのだ。ここに不動産があるとして、それが１年後に１億円で売れそうだと予想したら、１億円をその期間の期待利回りで割り引く。わかりやすくするために利回りを年利10%に設定すると、１年後の１億円というのは現在は約9000万円ということになる。ひとつひとつの担保不動産について、こうして期待投資利回りに基づくネット・プレゼント・バリュー（現在価値）を出していって、その値段で買うというやり方をしているのだという。

やはり最近よく聞く言葉に「不良債権の証券化」というものがあるが、これは前述の仕組みを大々的にしたもの。日本にはまだ不良債権の専門ファンドは登場していないが、基本的には投資信託の投資対象、あるいはローンの融資対象が不良債権であるにすぎない。もう少し詳しく説明すると、まず不良債権を抱えた金融機関が不良債権を外部に売るのだが、この段階でその金融機関のローンは流動化され、金融商品になったと言える。一方で投資家は不良債権の買い手に買収資金を貸したり、出資をしたりする。これで貸し手が変わると同時に、不良債権が将来のキャッシュフロー予想に基づく正常債権に生まれ変わったと言える。さらに買収資金を貸した投資家がそのローンを証券化して売却したり、不良債権の買い手が購入したローンを担保にした社債を発行するところまでくると、本来の意味での「証券化」と呼ぶことができるだろう。

証券化をすると流通しやすくなるし、細分化できるというメリットが生じるが、今のところは外資を中心とするプロの投資家の間で市場を介さない取引が行われているにすぎず、流通市場らしきものもないのが現状だ。これを上場株や国債のように、目に見える形で流通させるためには、もっと多くの不良債権が売却されて、しっかりした回収機関（サービサー）が育ち、ハイリスク・ハイリターンの金融商品への指向が高まる、リスクヘッジ技術が高度化する、景気や不動産市況が回復する、といったようないくつかの条件が必要だという。ただし早晩実現は可能だし、そのときには、もちろん証券化は正常債権について行うほうが容易なので、そちらのほうがメジャーになっている可能性もある。

ひとつ不思議なのは、なぜそれをやるのが主に外資系だけなのか、ということだ。真偽のほどは不明だが、日本人は1200兆円の資産を持っているという話がある。そんなお金があるのだったら日本人もやればいいのに、と思ってしまう。

このような疑問に対して、一般的には「外資、特にアメリカにはそのノウハウがあり、日本にはなかった」という答えが用意されている。しかし不良債権処理の現場にいる人間に言わせると、原因はそればかりではない。キャッシュフローとリスクファクターさえ分かれば、ノウハウといっても掛け算と割り算程度で理解できることだし、有価証券にして売るということについても、これだけ株式や債券が普及している日本ではそう難しいことではない、というのだ。

ひょっとしたらまた担保の不動産価格が上がるんじゃないかと思

って、不良債権処理を先送りにしてきたのが最大の原因なのではないか、というのが彼の分析だった。
もうひとつ。債権額に比べてひどく安い値段で売買されることで、結局売り手の金融機関は多大な損失を出すことになる。ところが一方ではその金融機関に対して、多額の公的資金が投入されている。不良債権処理で出した損失を、最終的には税金で埋めていることになる。
このことを許す前提となるのは、金融機関が立ち直り、将来的に利益が上がるようになって、借りた金を返したり税金を納めたりするようになることだろう。そういう前提があって、初めて国民の納得も得られる。だが現実にはその前提が保証されたとは言えない段階で、公的資金が投入されている。そうなると不良債権の売買がこういう形で活発化していくことで、果たして将来的に国民が利益を得ることはあるのか、ということを考えてしまう。
もちろんこの取引で直接的に儲かるのは投資した外国資本ということになる。だからといって感情論で外国人が日本を買い叩いていると非難するのは的外れだ。彼らはそのチャンスを不正な手段で得たわけではないし、しかも相応のリスクを背負って投資をしている。１年後に１億円で売れるといってもそれはあくまで見込みであって、誰も買わなければまた不良債権になってしまう可能性もある。世界的に見れば総資産ベースで10%、20%の利回りを期待するのは珍しいことではなく、ぼろ儲けというのはあたらない。
長い目で見れば、たとえば不動産が競売にかけられれば安く売られることになって、そんなに安いなら買おうという人が出てくる。それは安価な住宅やオフィスが提供されることにつながるし、そうやってキャッシュが回るようになればそれはやがてマクロ経済にも反映されるだろう。

日本人は地価に関して神話のようなものを持ってきた。だが本来はただ土地があってもそれだけでできるのは駐車場か露店くらいのもので、そこにたいしてキャッシュフローが生まれるわけではない。その上に建物を建てて、賃貸や分譲という形でキャッシュフローを発生させて、初めて「不動産」としての価値が生まれる。その基本的なスタンスさえ間違えなければ、そもそもバブルは発生しなかっただろう。

もし今回のバブルに懲りて、日本にも、地価はその土地をどう利用して利益をあげるかによって決まるという考え方が定着していけば、それは戦後の農地改革にも匹敵する大事件である。それこそ日本人の精神にまで影響を及ぼすかもしれない。

先進国の主要な都市に比べると、都心の不動産がいかに貧弱かは誰の目にも明らかだ。

たとえばパリのように間口が小さくて、入ると中庭があるような家を造ると、土地ももっと有効利用できるかもしれない。もし何年か後にきれいな町並みができていれば、それこそ将来国民に利益をもたらしたということになる。

問題はビジョンなのだ。どういう家を造るのか。どういう町を造るのか。ハードとしてどういう地域を造っていくのか……。ビジョンを示すのはこれまで日本人がもっとも苦手としてきたことでもあるのだが。

村上　龍：談　構成／鍋田郁郎

はまのゆか＊1979年2月1日生まれ。大阪府出身。2001年京都精華大学卒業。『ストレイトストーリー』（村上龍）、『いのちのうた』（村山由佳）のイラスト担当。

協　力　鍋田郁郎

デザイン　十時かの子（ムートデザイン）

＊本書は、1999年8月小学館より刊行された作品を、
大幅に加筆・訂正し、文庫化したものです。

文《ぶん》庫《こ》改《かい》訂《てい》版《ばん》

あの金《かね》で何《なに》が買《か》えたか

史《し》上《じょう》最《さい》大《だい》のむだづかい'91～'01

村上《むらかみ》 龍《りゅう》

角川文庫　11952

平成十三年四月二十五日　初版発行

発行者――角川歴彦

発行所――株式会社角川書店

東京都千代田区富士見二―十三―三

電話　編集部(〇三)三二三八―八五五五

営業部(〇三)三二三八―八五二一

〒一〇二―八一七七

振替〇〇一三〇―九―一九五二〇八

印刷所――暁印刷　製本所――コオトブックライン

装幀者――杉浦康平

む 4-9　ISBN4-04-158612-7　C0195

角川文庫発刊に際して

角　川　源　義

第二次世界大戦の敗北は、軍事力の敗北であった以上に、私たちの若い文化力の敗退であった。私たちの文化が戦争に対して如何に無力であり、単なるあだ花に過ぎなかったかを、私たちは身を以て体験し痛感した。西洋近代文化の摂取にとって、明治以後八十年の歳月は決して短かすぎたとは言えない。にもかかわらず、近代文化の伝統を確立し、自由な批判と柔軟な良識に富む文化層として自らを形成することに私たちは失敗して来た。そしてこれは、各層への文化の普及滲透を任務とする出版人の責任でもあった。

一九四五年以来、私たちは再び振出しに戻り、第一歩から踏み出すことを余儀なくされた。これは大きな不幸ではあるが、反面、これまでの混沌・未熟・歪曲の中にあった我が国の文化に秩序と確たる基礎を齎らすためには絶好の機会でもある。角川書店は、このような祖国の文化的危機にあたり、微力をも顧みず再建の礎石たるべき抱負と決意とをもって出発したが、ここに創立以来の念願を果すべく角川文庫を発刊する。これまで刊行されたあらゆる全集叢書文庫類の長所と短所とを検討し、古今東西の不朽の典籍を、良心的編集のもとに、廉価に、そして書架にふさわしい美本として、多くのひとびとに提供しようとする。しかし私たちは徒らに百科全書的な知識のジレッタントを作ることを目的とせず、あくまで祖国の文化に秩序と再建への道を示し、この文庫を角川書店の栄ある事業として、今後永久に継続発展せしめ、学芸と教養との殿堂として大成せんことを期したい。多くの読書子の愛情ある忠言と支持とによって、この希望と抱負とを完遂せしめられんことを願う。

一九四九年五月三日

80　対佐藤工業 債権放棄額　1109億円
82　対長谷工コーポレーション 債権放棄額　3546億円
84　末野興産 負債総額　6000億円
86　住専一次損失　6兆4990億円
88　北海道拓殖銀行 不良債権額　2兆3433億円
90　山一證券 負債総額　3兆5085億円
92　日本長期信用銀行 債務超過額　2兆6535億円
94　日本債券信用銀行 債務超過額　3兆943億円
96　国民銀行 債務超過額　777億円
98　みなと銀行 公的資金援助額　1兆560億円
100　木津信用組合 資金贈与額　1兆340億円
102　東京協和・安全信用組合 不良債権譲渡額　667億円
104　コスモ信用組合 債務超過額　1700億円
106　三洋証券 負債総額　3736億円
108　日産生命 債務超過額　1853億円
110　日本リース 負債総額　2兆4443億円
112　東海興業 負債総額　5110億円
114　多田建設 負債総額　1700億円
116　東京都新庁舎建設費用　1569億円
118　苫小牧東部大規模工業団地 負債額　1800億円
120　住友商事銅不正取引損失額　3120億円
122　対談　村上 龍 vs 植草一秀
142　用語解説
144　不良債権の処理の方法

■ 経済用語がわかりにくい場合はＰ142の用語解説を参照してください。

はじめに

先日DVDで『コンタクト』という映画を久しぶりに見た。ジョディ・フォスター扮する天文学者が宇宙からの交信をキャッチする。それは琴座のヴェガからのもので、交信内容はヴェガまでの転送装置の設計図だった、というカール・セーガンのベストセラー小説の映画化だ。監督はロバート・ゼメキスで、ＳＦ映画の傑作だとわたしは思う。映画に登場するヴェガまでの転送装置は、アメリカを中心として共同製作され「みなさん、これは人類が体験したことのない一大プロジェクトです」とアナウンサーが興奮して話すシーンが印象的だ。

一基はテロリストによって破壊され、装置は結局２基作られるのだが、その製作費が5000億ドルだった。人類が体験したことのない一大プロジェクトは、日本円にして約60兆円、つまりちょうど98年に金融システムを守るためとして拠出された公的資金と同額だったのである。60兆円というのは、まさにＳＦ的な金額で、わたしたちはとてもイメージすることができない。

バブルという現象は過去にいろいろな形で多くの国で発生している。そしてバブルは必ず崩壊し、その後には不良債権問題が生じる。80年代末の日本がバブル経済に浮かれ、その後巨額の不良債権が発生したことは、ほめられることではないが、それほど特別なことではない。日本が特別なのは、その不良債権問題が今日まで解決されていないことだ。97年に起こった金融危機に際しては、前述したように60兆円という巨額の公的資金が準備された。金融不安をなくし、金融システムを守り、銀行がスムーズに不良債権を処理できるようにという目的で、ＳＦ映画を思わせるような巨額の資金が注入されたのだった。